本书为 2021 年湖州市优秀文艺作品扶持项目

GEI HAI ZI DE FENG TU SHI

给孩子的风土诗

朱炜 著

浙江工商大学出版社
ZHEJIANG GONGSHANG UNIVERSITY PRESS
·杭州·

图书在版编目（CIP）数据

给孩子的风土诗 / 朱炜著 . — 杭州：浙江工商
大学出版社，2022.4
ISBN 978-7-5178-4906-3

Ⅰ . ①给… Ⅱ . ①朱… Ⅲ . ①格律诗—诗集—中国—
当代 Ⅳ . ① I227.7

中国版本图书馆 CIP 数据核字（2022）第 064819 号

给孩子的风土诗
GEI HAIZI DE FENGTUSHI

朱炜 著

责任编辑	任晓燕
责任编辑	穆静雯
封面设计	杭州浙信文化传播有限公司
责任印制	包建辉
出版发行	浙江工商大学出版社
	（杭州市教工路 198 号　邮政编码 310012）
	（E-mail：zjgsupress@163.com）
	（网址：http://www.zjgsupress.com）
	电话：0571-88904980，88831806（传真）
排　　版	杭州市拱墅区冰橘平面设计工作室
印　　刷	浙江全能工艺美术印刷有限公司
开　　本	880mm × 1230mm　1/32
印　　张	7.875
字　　数	262 千
版 印 次	2022 年 4 月第 1 版　2022 年 4 月第 1 次印刷
书　　号	ISBN 978-7-5178-4906-3
定　　价	49.00 元

浅论儿童诗教

谢作中

《沧浪诗话》有言：诗有别才。会写诗，且把诗写好，无关乎书读的多少，不在于学历的高低。作诗者有一种怪才，非常人所有；诗话，非常人之话。朱君不仅有别才，而且是一位耐得住坐冷板凳的多才多产的青年作家。2020年他刚选注出版《跳上诗船到德清》，在上海武康大楼大隐书局举办首发式，今年又有描写家乡德清风土的新作——诗集《给孩子的风土诗》，将要与读者见面。此诗集对儿童了解江南风土人情大有裨益，甚至能带来惊喜。

人与人之间有情缘、诗缘、易缘，我与朱君的诗缘则结在德清余不诗社，我们常在诗群酬唱。朱君任德清县诗词学会会长有年，其诗风清新亮丽、功底深厚，常有奇句冒出，我对他的诗颇为赞赏。

十年前，我受王财贵教授关于儿童读经理念之影响，工作余暇一直在从事儿童经典教育，内容涉及"四书五经"以及古诗词。此次，朱君嘱我为诗集《给孩子的风土诗》写一点对于儿童学诗的看法。我一直觉得诗歌要与时代紧密结合，他的诗集《给孩子的风土诗》与我的想法不谋而合，可谓儿童诗学教育的及时雨，能对学诗儿童帮助很大。

其实，孔子就特别注重儿童学诗，他教育自己的儿子孔鲤说，学好《诗经》能提升社会交际能力。《论语》中有一段"他日趋庭，叨陪鲤对"的对话："尝独立，鲤趋而过庭。曰：'学《诗》乎？'对曰：'未也。''不学《诗》，无以言。'鲤退而学《诗》。"

《易经》蒙卦强调，儿童启蒙教育讲究"时中"，应符合中庸之道。换一句话说，儿童启蒙教育是要在最恰当的时机"用最恰当的方法"教给孩子最恰当的内容。那么，我认为儿童学诗就是体现了《易经》的思想。诗教，从儿童启蒙教育开始，能深入孩童骨髓，诗性随其一生。《礼记》也说："其为人也，温柔敦厚而不愚，则深于《诗》者也。"学诗，会让人温柔敦厚，这是诗教的效果。在纷扰繁杂的当今社会，学诗如果能涤除孩子心中污秽，净化心灵，真是善莫大焉。一个地方的人性格温和，谈吐很有涵养，就可知他们受到良好的诗教。

子曰："《诗》三百，一言以蔽之，曰思无邪。"无邪者，诚也，性情之正也，这是做人最根本之修养。我们无时无刻不在情感之中，当我欢乐时，我就是这份欢乐，当我悲哀时，我就是这份悲哀，生命情感诸方面就构成了我们的心。

"人有德行，如水之清。"德清是沈约的家乡、孟郊的故里，是格律诗之滥觞地、《全唐诗录》之成书地。这里的风土，能培育孩子热爱诗歌、热爱家乡的情怀。朱君登莫干山，临前溪水，对这方水土的情感，皆以诗倾诉，他的诗中融进了江南古意，散发着江南独有的清妍气息，足以增加儿童学诗的乐趣，增长儿童的见识，拓宽儿童的眼界。

而诗一旦入了生活，生活就会处处充满诗意。学诗从儿童开始，不仅关乎儿童个体生命素养的提升，还对整个社会具有极大的普惠意义。人生在世，生命情感驱使我们行动，如行动合适，给家庭、社会带来的就是幸福与和谐。从这个意义上说，朱君此举，功在力行，利济前途。

2021 年 12 月 1 日

前言

感知乡土　理解传统　发现宝藏

　　前人有《儿童杂事诗》："儿童生活诗实亦即是竹枝词，须有岁时及地方作背景"，"名称或为百咏，或为杂咏，体裁多是七言绝句，其性质则专咏古迹名胜、风俗方物，或年中行事，抑或有歌咏岁时之一段落……但总而言之可合称之为风土诗，其以诗为乘，以史地民俗的资料为载……"。钟叔河先生笺释，这段话将风土诗的文化地理和文化历史的价值说得非常之明白了。

　　风土一词，渊源甚古，是古人对于所在特定地域自然环境和风俗习惯的统称，具有极高的概括性和匹配度。德清历史上就诞生过一卷《前溪风土词》，绝句百首，山川古迹，虽限方隅，但亦足备征考。作者徐熊飞，励志于学，在诗歌创作方面尤有才力，颇具唐人风范，被大学者阮元誉为"浙西文人之冠"。《前溪风土词》中"封禺遥对莫干山"等句常被我引用。

新诗兴起后，格律诗被称为旧诗，好像是过气了，非年轻人所喜爱，但我不以为然。格律诗有一种古老而常新的美，这种美能观照我们的现实生活，滋养我们的精神世界。数年之前，蒙叶嘉莹先生嘱其秘书可延涛老师来函，附赠签名传记，幸何如焉。乃知叶先生少时，曾以己作请益于她的恩师顾随先生。顾先生赞扬有加，但不忘提醒："作诗是诗，填词是词，谱曲是曲。青年有清才若此，当善自护持。"诚哉斯言。

《孟子》说："大人者，不失其赤子之心者也。"初为人父后，我重新学习格律，积年写了一些绝句、律诗，关于防风之力、沈约之才、孟郊之情、俞樾之学，关于制玉之技、铸剑之法、育珠之术，关于瓷之源、前溪歌舞……按此，皆可归入风土诗的范畴。因这些诗大多成于小女酣睡时，且寓乡土之思，我为之取名"给孩子的风土诗"。不同于我此前选注的《跳上诗船到德清》，本书所选都是我自己创作的诗，近一百八十首，分为莫干山、德清古城、大运河诗路、苕溪闲情四辑。部分诗下加了长短不一、详略不一的注，为使读者对诗中之境有所探寻，对诗外之意有所联想。

不瞒小读者，本书也是我送给小女的成长礼物。若小女日后展读父书，得书中某诗、某句、某词而心有所感，而手不释卷，甚或追忆在莫干山麓玩耍、在洛舍漾边赏月情景，则不独珍贵，亦具神奇也。如是，则变敝帚自珍为吾家传家之宝。

　　同时，本书对于与小女年龄相仿的孩子而言，还可能是一本与学前、幼小衔接、小学教材相辅而行的读物：可以帮助他们感知乡土，理解传统，发现宝藏，顺带帮助我们重返年少，重温故事，重拾爱好。

　　《跳上诗船到德清》首发式后，吾师张炜先生赠诗："不是灯花燃岁月，何来岁月燃灯花。"感谢诗词里涌现的生命和蓄积的能量，让我从中获得了慰藉和勇气。

2022 年 1 月 31 日

贺朱炜《给孩子的风土诗》出版

卢明龙

春来秋去度流年，每坐清斋守砚田。

乡土情怀多眷恋，古今册迹苦钻研。

将雏不改风人意，舐犊还添史氏篇。

灯下庭前堪诵读，诗家好语在天然。

贺朱炜《给孩子的风土诗》出版

姚　立

嘱我题辞焉敢辞，灯花岁月见英姿。

扶床犹伴呱啼夜，练笔缀成风土诗。

下渚后溪青绿卷，窗前膝上诵吟时。

清才若此勤呵护，万里航船信可期。

目录

第二辑　德清古城

第三辑 大运河诗路

第四辑 苕溪闲情

第一辑

莫干山

莫邪干将传说❶三首

其一

千载江南传说地，莫干姓氏足千秋。

中宵❷剑气冲牛斗❸，吴越星光耀九州❹。

其二

英魂铸就雌雄剑❺，肝胆抛成曲折姿。

涧底尚留磨剑迹❻，高崖遍勒纪功诗。

其三

芦花飞处似银滩，空谷锋芒照夜澜。

故事千锤同百炼❼，初来酷暑也冰寒。

[注释]

❶ 莫邪干将传说，相传莫干山以铸剑人的名字命名。此说最早见于清雍正《浙江通志》："世说吴王铸剑于此，取莫邪、干将之义以名。"

❷ 中宵，半夜。

❸ 牛斗，指二十八宿中的牛宿和斗宿。唐崔融《咏宝剑》诗："匣气冲牛斗。"

❹九州，中国的别称。

❺雌雄剑，雄剑号干将，雌剑号莫邪。

❻磨剑迹，指干将莫邪夫妇磨剑处。在莫干山剑池旁大石上，有近代南浔籍儒商周庆云篆书。

❼故事千锤同百炼，历代文人对干将莫邪铸剑故事多有再创作。鲁迅据此创作了名篇《铸剑》，塑造了干将遗腹子、少年眉间尺的形象。

连环画《雌雄剑》 望阳 绘

剑池飞瀑三首

其一

飞涧凌空欲湿冠，新虹旖旎❶起吟坛。

名山雨后增襟概，观瀑桥亭❷共倚栏。

其二

心中独秉一长箫，远眺英华插峭峣❸。

说剑由来成故事❹，竹风奏响海宁潮❺。

其三

隆寒径节❻碧无尘，崖壁咳珠❼原是真。

剑气今时凝响玉，冰川犹觉露精神❽。

[注释]

❶ 旖旎，柔美的样子。

❷ 观瀑桥亭，观瀑桥、观瀑亭，在莫干山剑池。

❸ 峭峣，高山。

❹ 说剑，厦门鼓浪屿菽庄花园主人林尔嘉游莫干山题"说剑"摩崖。

❺ 海宁潮，又名钱江潮、浙江潮，是世界三大涌潮之一。宋苏轼有诗：

"八月十八潮，壮观天下无。"

❻ 径节，竹。

❼ 咳珠，咳珠唾玉，嘉业堂主人刘承幹游莫干山题"欬（咳）珠唾玉"摩崖。

❽ 冰川犹觉露精神，唐牛僧孺有诗："珠玉会应成咳唾，山川犹觉露精神。"

阜溪之源**❶**二首

其一

神工仙俪**❷**何曾怨，铁石熔炉锻淬**❸**喧。

鸣漱**❹**穿桥成进瀑，剑池原是阜溪源。

其二

阜溪济楫**❺**避炎天，陟岭**❻**登山问瀑泉。

赏眺须经桥几座？飞虹**❼**直驾旅人肩。

[注释]

❶ 阜溪之源，在莫干山剑池。

❷ 神工仙俪，指干将、莫邪夫妇。周庆云有诗："莫干仙俪史称之，双剑难追化去时。"

❸ 锻淬，锻造淬火。锻造使物成形，淬火使之坚硬。

❹ 鸣漱，山泉飞流鸣溅。

❺ 阜溪济楫，黄膺白夫人沈亦云作《满江红》词："重记起黄梅涉岭，阜溪济楫。"船之短者曰楫，长者曰棹。

❻ 陟岭，越岭。

❼ 飞虹，飞虹桥，在莫干山剑池之上，又名阜溪桥。

冯超然为周庆云绘《阜溪寻源图》

莫干山横磨歼虏摩崖❶二首

其一

避暑从兹同避难❷，天池古刹祭忠魂❸。

征尘抖落横磨剑，歼虏将军刻誓言。

其二

兴来口占刻崖前，拭洗青苔墨迹鲜。

最爱山钟敲戌卯❹，日升屋脊❺月临泉❻。

[注释]

❶ 横磨歼虏摩崖，马占山将军在莫干山题"横磨歼虏"四字。横磨，横磨剑，长而大的利剑。

❷ 避难，抗战前期莫干山上满是中外避难居民，1938年成立莫干山中外避难居民救济会。

❸ 天池古刹祭忠魂，1933年8月3日莫干山天池寺举办超度抗日阵亡将士的大道场，马占山将军亲临。

❹ 戌卯，时辰名。戌时，晚7点至9点；卯时，早5点至7点。

❺ 屋脊，屋脊头，莫干山武陵村别墅群所在，地势高，登眺最宜。

❻ 泉，天池泉。

莫干山晓望

钱江一线横，潮涌壮心倾。

雾海迷青岛❶，云屏现白城❷。

剑池凡四叠，芦荡只三茎。

未妨频挥洒，苍崖笔意萌。

[注释]

❶青岛，山东青岛，双关，此处指青翠的山峰。近人干人俊《荫山晚眺》诗："雾海漾青岛，云山滚白龙。"何处消夏，旧上海人的首选是上山下海，山指莫干山，海指青岛。

❷白城，吉林白城，双关，此处指山中云雾。郑集《望江南·莫干山即景》之一："莫干好，朝雾最迷人。十里青山笼白絮，楼台咫尺不见形。怎得不销魂？"

莫干山芦花荡公园

莫干山暴风雪

烛火幽微壁火燃，山园寂静旅人眠。

千钧❶压顶何梁挑？万竹潇潇撑起天。

[注释]

❶钧，古代重量单位，合三十斤。

莫干山落雪❶

试期催负笈❷，驿路满风尘。

苕霅❸无存雪，溪源未骗人。

茶花逢冷艳，石级镀精银。

岁节❹蘧然❺至，山钟❻声愈淳。

[注释]

❶ 莫干山落雪，2021年12月25日在湖州闻莫干山落雪。

❷ 负笈，背着书箱。

❸ 苕霅，湖州境内的两条主要河流苕溪、霅溪。

❹ 岁节，此指圣诞节。

❺ 蘧然，惊喜的样子。

❻ 山钟，莫干山450号大教堂内有一口铸于1912年情人节美国纽约的大钟。

莫干山飞雪二首

其一

欲访家山雪，友圈先猎奇。

红亭❶加粉饰，青竹变琼枝❷。

玉笋抽芽早，新茶上市迟。

峰头飞舞日，烂漫满城诗。

其二

景与年如约，着红登竹冈。

溪因冰湛澈❸，雪为剑开光❹。

茗试天泉水❺，花飞青草塘❻。

山川任背景，人比岁逾强。

[注释]

❶ 红亭，莫干山陈毅诗碑亭。

❷ 青竹变琼枝，化用唐高骈《对雪》诗："坐看青竹变琼枝。"

❸ 湛澈，清澈明亮。

❹ 开光，为新的刀、剑等锋利的兵器祝福。

❺ 天泉水，德清天泉山之泉水。

❻ 青草塘，莫干山避暑地初期西至青草塘为界。

莫干山裸心堡❶

名人难胜数，星斗拂瑶墀❷。

古堡三更主，门牌仍是兹。

绿荫如许送，雪屋者般❸遗。

欲问开山岁？峦头❹矗立时。

[注释]

❶ 莫干山裸心堡，坐落于炮台山巅，为游客沿老路登莫干山所见第一幢洋楼，门牌号是莫干山一号，原为英国人梅滕更所建避暑别墅，后由张静江名下江南汽车公司购入并改建为绿荫旅馆，2015 年裸心品牌创始人高天成在遗址上建莫干山裸心堡。

❷ 瑶墀，石阶的美称。莫干山百步岭，虽名百步，实有台阶四百二十八级。

❸ 者般，这般。

❹ 峦头，炮台山山形尖锐，峦头矗立。

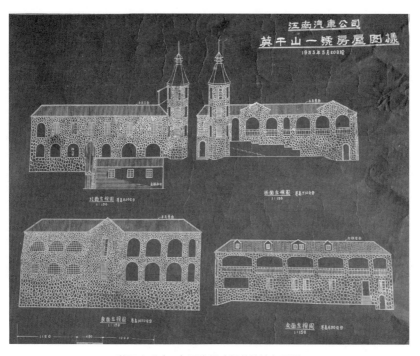

莫干山1（一）号房屋（绿荫旅馆）图样

莫干山赏枫●三首

其一

屋角青山层叠染，寻红拾级摄衣游。

儿时便爱枫林晚❷，坡麓冰溪三折流。

其二

何当坐歇迎佳客，淡彩纷披若雀屏。

霜化清泉红叶脉，应虚亭❸内画丹青。

其三

紫紫绯绯胜过花，疏疏朗朗散成霞。

幽幽婉婉云箫起，展展宽宽别墅斜。

[注释]

❶ 莫干山赏枫，以莫干山 100 号剑庐、62 号枫鹃谷别墅、410 号静逸别墅、48 号雄庄、161 号怡柯小筑以及莫干山管理局门口之枫树为佳。

❷ 爱枫林晚，借用唐杜牧《山行》诗："停车坐爱枫林晚。"

❸ 应虚亭，周庆云建，取《庄子》"虚而应者，物之声也"之意，飞瀑流泉的声响嘈嘈杂杂地传到亭子里来，日夜不绝。

莫干山园亭❶

彼岸花❷开险路攀，远听迅足近潺颜❸。

园亭何日缘人扫？山道多情去又还。

[注释]

❶ 莫干山园亭，为莫干山 210 号别墅主人德侨刘伦士·劳立克为夫人路易斯·库普费尔在山中所建中式墓亭，因顶覆黄色琉璃瓦，俗呼黄亭子。

❷ 彼岸花，又名秋彼岸。

❸ 潺颜，同潺湲，水慢慢流动的样子。

颐居❶经新主人建成莫干山第一家民宿

罗盘奇位定，地利候佳音。

碧瓦花厅❷覆，红亭❸草色侵。

颐园生孝造，庭径大千❹吟。

风景山中最，平宁访客心。

[注释]

❶ 颐居，上海富商潘梓彝别墅，距剑池仅数十米，门牌号为莫干山 92 号，由安徽安庆籍建筑师郑生孝建造，庭院名颐园，是莫干山当时最美的院子。资深媒体人夏雨清于 2000 年租下颐居，改建成莫干山第一家民宿，并开《颐园读书记》专栏。

❷ 花厅，又名华厅，为莫干山中仅有的三座中式建筑之一。

❸ 红亭，又名憩石亭、杜鹃亭，潘梓彝撰联："荫木掇芳，使人可乐；疏泉凿石，辟地为亭。"

❹ 大千，国画大师张大千。张大千 1935 年 4 月游莫干山就住在颐居。

吴承涛❶说莫干山二首

莫干山家国情怀分享会

岁月山河老越青，礼堂世纪响丁零。

情人恋竹调饴蜜❷，博士亲泉厌奶腥❸。

家国诗词童子诵，欧洋故事后昆❹听。

瞬间影像心中记，满目苍穹遍野星。

[注释]

❶ 吴承涛，工程师，浙江大学公共管理硕士，曾供职于莫干山管理局，著有《莫干山别墅往事》，率先提出"莫干山是观察近代中国的窗户"，2019年6月22日主持余书《莫干山史话》分享会。

❷ 情人恋竹调饴蜜，莫干山为新人举办婚礼和度蜜月之首选地之一。

❸ 博士亲泉厌奶腥，西人范约翰撰《莫干山小志》："山多清泉，品其味，似合冬之雪、夏之雨而为一，与北美蓝岭之锂氧水相类。"奶腥，乳汁的气味。

❹ 后昆，后代子孙。

与潘君骅院士莫干山对话❺

众声喧闹居成市，避乱莫干曾睹群。

墅里偶然知水电，山中不易得新闻。

心弦紧扣尘氛破，竹篾生光薄暮耘❻。

新撰史诗终不抵，纷飞岁月自洪勋。

[注释]

❺ 2021 年 1 月 18 日吴承涛为组织者在德清县档案馆电话连线潘君骅院士。余在《莫干山史话》中曾有一篇专门写潘君骅院士的父亲潘蔚岑医生。

❻ 竹篾生光薄暮耘，指潘君骅院士当年避难莫干山时劈竹篾做火篾篁当照明工具，开小竹林种玉米。

莫干山礼拜堂（1984年莫干山会议会址） 李增 绘

赠吴承涛、杨宏伟❶二先生

沪杭怀二子，勠力❷启堂坛❸。

宏伟吟风渚❹，承涛说莫干。

年轮如水晕，往事化山峦。

歌哭终身地，初心著述刊。

[注释]

❶ 杨宏伟，德清人，定居上海，上海市作家协会会员，著有诗集《远方的诗：年轮》、散文集《尚博祖屋》等。

❷ 勠力，勉力，尽力。

❸ 堂坛，犹殿堂。

❹ 风渚，下渚湖。杨宏伟的教书生涯从二都中学开始，诗集《远方的诗》中有大量以防风氏、下渚湖等为题材的作品。

寄里云山种莲茶馆主人❶

夏雨连绵情绪洗，里云两月不徜徉。

风吹木铎❷香余响，鱼跃莲池亮且沧。

梵呗❸时糊时晰夜，幽篁忽曳忽停冈。

恍如身处无忧界，实闭书房何有乡❹。

[注释]

❶ 里云山种莲茶馆主人，即开信法师。种莲茶馆，位于德清县莫干山镇四合村里云山巅竹林禅寺，卢前先生题额，并留诗"山风过处钟声定，云在青山佛在心"。

❷ 木铎，以木为舌的大铃。

❸ 梵呗，僧人唱颂短偈或歌赞。

❹ 实闭书房何有乡，无何有之乡，谓逍遥自得之地，借指书房。

莫干山碑林❶

云山雾海绿篁翻，碑板嶙峋隔世存。

周老题牌抬眼见，沙翁勒柱俯身扪。

胸怀有物成章速，风骨无羁撰句奔。

步步拾高看欲遍，松涛声里入诗园。

[注释]

❶ 莫干山碑林，依山而筑，迂回曲折，步步拾高，周谷城先生题额"碑林"，沙孟海先生题书"莫干山碑林"。2020年11月26日，经湖州师范学院余连祥教授引荐，陪上海交通大学讲席教授杨庆存游莫干山碑林。

重读《万竿晴雨楼吟稿》❶

莫干向以艺文传，风物清新眉目妍。

晴雨万竿楼主化，直如杜牧对樊川❷。

[注释]

❶《万竿晴雨楼吟稿》，卢前著，当代中国出版社2002年版。卢前，字葆光，号万竿晴雨楼主，别署莫干山民，1943年生，温州鹿城人，寓居德清，曾任德清县诗词学会前身莫干山诗词学会会长，德清县美术家协会首届主席，诗书画印俱精，2020年1月16日谢世。卢师曾为余书《莫干山史话》题签。

❷直如杜牧对樊川，樊川，唐代诗人杜牧别业。吴亚卿撰《卢前〈莫干山游兴〉序》称："吾友葆光之于莫干，直如摩诘之于辋川，牧之之于樊川，几与之俱化矣。"

莫干山一景　　卢前1997年在万竿晴雨楼绘

常读莫干山，不觉入山深

遐迩莫干翻绿浪，路从天目自巍峨。

尝将大白❶当膺白❷，且把东坡❸作梦坡❹。

比画剑池来试剑，相寻摩壁入编摩❺。

临风有韵宜清咏，不觉回眸履迹多。

[注释]

❶ 大白，刘大白，诗人，曾作诗《莫干山的月夜》《莫干山的风雨》。

❷ 膺白，黄膺白，名郭，曾任民国时期上海特别市首任市长，与夫人沈亦云隐居莫干山，在东顶建白云山馆，发起成立莫干山公益会，在庾村创办莫干小学，建藏书楼，并以学校为中心，开展乡村建设运动。

❸ 东坡，苏东坡。

❹ 梦坡，周梦坡，即周庆云，《莫干山志》纂者。

❺ 编摩，犹编集。

黄膺白题签《莫干山导游》

簰头❶

英红溪涨上簰谣❷，鱼贯龙吟六洞桥❸。

山袜近年成古董，街头筏字作牌招！

[注释]

❶ 簰头，簰读作 pái，武康旧志载，"竹木出山，簰（排）行必始于此"，故名。旧时山民多赖业竹为生，结竹成簰，下驶至此，聚于秋月潭，后由专业放簰班筑坝拦水，水满则开坝，撑过六洞桥，放至武康沙港杨树湾，改扎成方排或尖头排，转运杭州、上海、苏州等地，行销颇广。推行简化字后，簰头的"簰"简化成"筏"，但当地读音未变。

❷ 上簰谣，清邑人张孔源《前溪上簰谣》："力负以肩，劳者其前，不胫而走，逸者其后。"

❸ 六洞桥，又名大堰桥，为簰头地标，上游渔村之双溪，佛堂村之合溪，勤劳村之盘溪，东沈村之阮公溪，上皋坞之石扶梯水五路汇聚于此，固有"五水进六洞桥"之说。

东沈村❶

人间至境小桃源，风俗敦然谱牒浑。

石刻隐侯❷乡里迹，织帘❸于此结深根。

[注释]

❶ 东沈村，古名小桃源，今属德清县莫干山镇，村口有"沈约故里"刻石。据清乾隆《武康县志》载，东沈村以沈麟士产此地，因建织帘先生祠，里人大半属其后裔。村中至今犹有太公堂，所祀应是沈麟士。

❷ 隐侯，沈隐侯，即沈约，字休文，德清人，封建昌县侯，官至尚书令，谥隐。

❸ 织帘，即沈麟士，字云祯，德清人，人称织帘先生，和沈约是本家，同时代人。

沈麟士（字云祯）像　选自民国《吴兴沈氏世系》

东沈村议事会❶

坌然乱石清波上，十里桃溪夹岸风。

童子庐旁瞻古刻，太公堂内谒先翁。

武康志识东村沈❷，干莫书镌西湿洪❸。

若问昔年何处隐？非唯世外有灵宫❹。

[注释]

❶ 东沈村议事会，德清县政协东沈村议事会于 2021 年 8 月 20 日举行，余以县政协文化之友社社员身份参加，后在《湖州日报》副刊发文《江南小桃源东沈村》。

❷ 东村沈，借用桐乡籍诗人沈醉愚《〈莫干山志〉题辞》："我家世德东村沈。"

❸ 干莫书镌西湿洪，干莫书，代指《莫干山志》；西湿洪，西溪湿地洪园，代指清剧作家洪昇，洪昇游东沈村，作《小桃源》诗："一棹沿流去，桃花自有源。"

❹ 灵宫，对住宅的美称。

庙前村莫干山居图❶

朱藤庙迹不难询，社赛❷曾经每岁春。

城外逃亡携县志❸，山间避难扮乡民。

隐忧凝就柴薪烈，工楷誊成卷帙匀❹。

巨幅诗书擎❺作帜，溪流白屋自为津。

[注释]

❶庙前村莫干山居图，庙前村，今属德清县莫干山镇，村后有座朱藤庙，故称庙前。朱藤庙，武康旧志载："明崇祯年间建，清康熙三十年（1691）重修，每岁春乡人社赛。"莫干山居图，民宿名，以山谷、溪流、白房子为特点，主人朱锦东。

❷社赛，指社日迎神赛会。

❸城外逃亡携县志，簰（筏）头人秋子明在《重抄清道光〈武康县志〉序》中记："三十三年（1944）十月初，敌占簰（筏）头，建炮垒于门前山，四出骚扰，寝食难安"，"予亲家孙君雪丞避难居庙前村，不幸被害于敌至"。秋子明闻讯，绕道慰问孙雪丞子孙遂先，得知孙雪丞父子逃亡时随身带原武康县政府藏清道光《武康县志》。

❹工楷誊成卷帙匀，秋子明自1944年9月1日始，至抗战胜利之日止，以工楷仿原本行格誊抄清道光《武康县志》一部。

❺擎，举。

紫岭村

游客不分劳紫岭❶，唯知穿过两幽程。

万峰庵❷雾清欢韵，宝剑坑❸茶秘幻情。

仙气未销溪益阔，景灯❹交映路相盈。

轻奢非定西来品❺，浪漫山居约伴行。

[注释]

❶ 紫岭村，由原仙人坑村与梅皋坞村合并而成，今属德清县莫干山镇，是德清县唯一穿过两个隧道的村，且民宿分布密集。法国山居就位于该村。劳岭村，由原劳岭村与石颐村合并而成，与紫岭村相邻。

❷ 万峰庵，俗名大山庵，在紫岭村原梅皋坞村。

❸ 宝剑坑，又名仙人坑，在紫岭村原仙人坑村。

❹ 景灯，十样景灯，旧称十样精灯，为十幕通俗的戏剧组成的灯会。

❺ 西来品，舶来品。

仙潭村❶

仙人洞首龙潭尾，满目非青即碧蓝。

梅里旧家墙额志，秦川雅士土风谙。❷

慕名往至身同畅，尽兴迟归话亦耽❸。

绿碗山茶春意俏，劳烦雨燕启诗龛。

[注释]

❶ 仙潭村，由仙人洞和龙潭各取一字得名，今属德清县莫干山镇，旧名碧坞村，位于莫干山北麓。村中有民宿百余家。

❷ 梅里旧家墙额志，秦川雅士土风谙，昆山籍作家胡石予撰《莫干山纪游》："（碧坞村）有因山起楼者，修竹抱之，墙额书'梅里旧家'四字，岂琴川雅士避地来此乎，抑越中亦有地名梅里者？"谙，熟悉。

❸ 话亦耽，耽话，犹健谈。

高峰村❶

石角岭边云水茫，昔年桐树未乘凉。

门开岩舍禅容影❷，背倚高台月降霜。

秋假游人塍稻乐❸，重阳古寺❹木鱼当❺。

余英第一峰❻无负，登眺临风省义方❼。

[注释]

❶ 高峰村，因高峰山得名，今属德清县莫干山镇。抗战前，黄膺白、俞寰澄曾在莫干小学农场与高峰村石角岭植桐，欲开浙西未有之利，三年中植桐计万余株；莫干农村改进会还成立了植桐合作组织，并订立山林公约，后因战乱失管，憾未成材。

❷ 门开岩舍禅容影，高峰村有石舍容影民宿。

❸ 塍稻乐，宋诗人宋祁有诗："压塍霜稻报丰年。"

❹ 古寺，高峰寺，坐落在高峰山南侧，宋原妙禅师曾驻锡，世称"高峰古佛"。高峰原妙弟子中峰明本，被尊为"江南古佛"，是赵孟頫、管道昇夫妇的佛门师父。

❺ 当，丁当。

❻ 余英第一峰，明弘治武康知县易纲《乙巳九日同龙溪先生登高峰》诗："此是余英第一峰。"

❼ 义方，行事应遵守的规范和道理。

庚村❶三首

其一

三桥❷驶出向山寻，法国梧桐重幄❸阴。

何以庚于相混用❹？厨娘提笔惯听音。

其二

山麓鸽群衔石矹❺，游童追赶不知疲。

梧桐种子含苞季，膺白礼堂❻春诵时。

[注释]

❶ 庚村，因南北朝时庚肩吾、庚信父子封武康县侯，族人迁徙于此而得名，今属德清县莫干山镇，名燎原村。昔宁杭国道三莫支线在此设莫干山车站，俗称庚村车站。"到庚村去"，一度成为进莫干山的口头禅。

❷ 三桥，古称山桥，又称三桥埠，因扼宁杭国道与莫干山名胜之要冲，曾是去莫干山必经前站。

❸ 重幄，厚厚的帐幕，这里指梧桐树枝叶茂密。

❹ 庚于相混用，庚村面颇有名，然店家多写作"于村面"。

❺ 矹，辛勤的样子。

❻ 膺白礼堂，即黄膺白创办的莫干小学礼堂，2016 年改建为莫干山民国图书馆，2016 年 3 月至 2021 年 2 月余驻馆工作。

其三

春秋五度风窗敞，书页梧桐掌上铺。

瓦垄今裁宣❼四尺，山丘磊落自成图。

[注释]

❼宣，宣纸。

莫干山民国图书馆写生　读者 绘

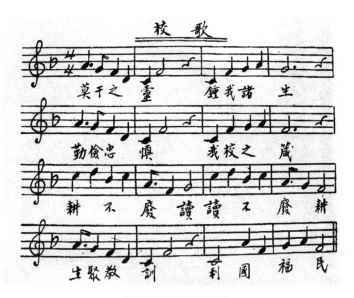

民国时期莫干小学校歌

谒黄膺白先生墓❶二首

其一

经秋墓草衰，非誉矢追随。

兴业名还隐，闲居身不卑。

进山怀悯宥❷，归葬寄忧危。

乡建应如是，新区早画规。

[注释]

❶ 黄膺白先生墓，在庚村文治藏书楼旁。2016 年 8 月，余在《老照片》杂志发文《风雨黄郭墓》："若说，莫干山是一座曾决定中国命运的山，那么，黄郭则是一位深远影响庚村发展的人。"2018 年 6 月 19 日，纪念黄膺白、沈亦云夫妇进山九十周年暨黄膺白墓修复验收仪式在黄膺白墓前举行。

❷ 悯宥，怜悯宽宥。

其二

山馆有清吟，登临几度寻。

疑为膺白意，恰似亦云心。

跑马增神气，藏书贻苦箴❸。

尔来九旬岁，伉俪❹福缘深。

[注释]

❸ 苦箴，诚恳的规劝告诫。

❹ 伉俪，尊称他人夫妇。

文治楼藏书印

温亦段烈士墓❶

情报肩头掩，埋名道士行。

荷花池❷地隐❸，石角岭❹胧明❺。

已惯经夷险，如何变绌赢❻！

庾村支部立，赤胆化旍旌❼。

[注释]

❶ 温亦段烈士墓，在德清县莫干山镇燎原村新农自然村，墓碑刻"革命先烈温奕头（温亦段）之墓"，为1951年4月莫庾乡各团体立。温亦段，人称温道士，1906年生，温州平阳人，曾在庾村建立武康县第一个中共地下党支部，并任支部书记，1943年被捕就义。

❷ 荷花池，地名，在莫干山镇燎原村。

❸ 地隐，隐居于偏僻之地。

❹ 石角岭，地名，在莫干山镇高峰村。

❺ 胧明，微明。

❻ 绌赢，同赢绌，盈余和亏损。

❼ 旍旌，赤色旗帜。

天泉寺古银杏[1]

日落天泉轮廓长，寺门双树正焜煌[2]。

步因秋景共欣睹，争倚千年银杏黄。

[注释]

❶ 天泉寺古银杏，天泉寺在德清县莫干山镇后坞村天泉山，初名永光院，南朝梁大同年间建，旧有见山台、西流涧诸胜，今山门外犹有两棵古银杏，其一大可数抱，枝干槎丫，气势雄浑。

❷ 焜煌，辉煌。

五四村❶红田兰苑❷

新拭❸紫砂❹分蕙蕊，莳❺兰未讶❻产兰难。

潘园不记花开数❼，自信春来便可观。

[注释]

❶ 五四村，今属德清县莫干山镇，20世纪50年代建立初级社时恰在5月4日，因此取名五四村。

❷ 红田兰苑，又名国香兰花园，位于五四村，主人潘伟章。余新婚时，潘园曾赠两盆兰花以贺。

❸ 拭，揩擦。

❹ 紫砂，紫砂盆。

❺ 莳，栽种。

❻ 讶，惊奇。

❼ 潘园不记花开数，化用清阮元诗"花农不记花开数"。

兰花　寇丹 2014 年绘

三桥埠三首

上市桥❶

农家早起蹲船尾，鱼菜❷时新❸胜贾区❹。

东几庙前花市日❺，狻猊衔绶入祥图❻。

[注释]

❶上市桥，三桥埠古桥之一，在今德清县阜溪街道三桥村上街头，宋嘉熙元年（1237）始建，现桥为清咸丰元年（1851）重建所遗。旧时商舶百货皆集于上市桥，其后上流沙壅，舟楫阻滞。

❷鱼菜，鱼类菜肴。

❸时新，应时的食品。

❹贾区，市集。

❺东几庙前花市日，东几庙，今称东境寺；花市日，正月十四为三桥埠上灯日。

❻狻猊衔绶入祥图，上市桥护栏有狻猊衔绶图。狻猊，狮子。

太平桥❼

临河林立名商号，白聚源❽前茶帜❾飘。

石兽俯身风水看，岁经六百太平桥。

时津桥❿

阜溪自此通舟路⓫，重访当年来往人。

莫辨三桥名孰是？南流姚坞⓬会时津。

[注释]

❼ 太平桥，三桥埠古桥之一，在今德清县阜溪街道三桥村中街头，明洪武元年（1368）建，桥端有吸水兽面纹饰。太平桥北旧为商业中心。

❽ 白聚源，为太平桥北首老字号茶馆，昔有水阁楼。

❾ 茶帜，写有茶字的旗帜。

❿ 时津桥，三桥埠古桥之一，宋建炎年间建，今不存。

⓫ 阜溪自此通舟路，阜溪昔时自津桥以下，始通舟路。

⓬ 姚坞，姚坞关，今写作跃武关。

阜溪上市桥、太平桥　选自清道光《武康县志》卷首《阜溪图》

三桥记忆馆❶庚子端午雅集二首

其一

时临端午偏多雨，箬叶裁成舢舨❷漂。

裹得佳期随候汛，阜溪最忆是三桥。

其二

年年端午风兼雨，菖艾成条落激湍❸。

里俗灰汤沉角粽❹，诗人兴会想纫兰❺。

[注释]

❶ 三桥记忆馆，位于德清县阜溪街道三桥社区，原为三桥老车站。余工作室在三桥记忆馆二楼，有德清青年书法家陈宽顺书余所撰联匾："江南市镇，上海商船能达埠；浙北名区，阜溪元气竟藏山"，"莫干山前站"。

❷ 舢舨，小木船。

❸ 激湍，急流。

❹ 灰汤沉角粽，三桥人过端午节有个很奇特的习俗，即用灰汤水烧粽子，据说用此法烧出来的粽子在这个季节放十多天也不会坏。

❺ 纫兰，《离骚》有"纫秋兰以为佩"句，代指屈原。

下儿墩①家屋搬迁

避暑湾②前住，清凉山在西。

村民才眼熟，家屋却途迷。

日下唯闻吠，梦中乃见啼。

斜阳堤上过，狗尾草萋萋。

[注释]

❶ 下儿墩，位于德清县阜溪街道郭肇村。清唐靖著《前溪逸志》载"曰夏儿墩，夏姓数家聚焉"，清乾隆《武康县志》作亚儿墩。

❷ 避暑湾，土名黄泥墩，是一个洋码头。旧谚："上有清凉山，下有避暑湾。"清凉山，即莫干山。

第二辑

德清古城

乾元❶

诗旅乾元镜象清，按图索骥有常程。

余不溪❷上行舟止，御码头❸前伫足迎。

玉麈峰❹前挥玉麈，文明塔❺下播文明。

古城不减书香韵，里弄连通朗朗声。

[注释]

❶ 乾元，德清老县城，旧名城关，因乾元山而改。清虞徽撰《吴羌山高士庵碑记》："县治前有山耸然而峙者，乾元也，升椒而望，万象轩露。"

❷ 余不溪即馀不溪，一名清溪，又名大溪，德清县旧名临溪，即临此溪。宋诗人郑如几有诗："溪从古县中间过，帆从青山缺处来。"余不的不，古读夫。

❸ 御码头，传说清乾隆帝下江南时曾驻跸于此。

❹ 玉麈峰，即玉麈山，在老德清县城北。元宗师吴全节来游，留题有"谈挥玉麈看云起，坐俯金鳌待月生"句，遂更山名为玉麈山。玉麈，以玉为柄的麈尾。

❺ 文明塔，在下阑山南，面迎余不溪，明万历二十二年（1594）建。明德清人章嘉祯撰《文明塔记》："吾邑之士，以文明为雁塔。"后取景名"文塔晴云"。

德清古城图　选自清乾隆《湖州府志》

上余不庙下戴庙❶

士俗依河分上下，衣冠自晋像平民。

境迁时过洪流退，昔有灵龟左顾频❷。

[注释]

❶ 上余不庙下戴庙，余不庙，俗称上庙，祀晋余不亭侯孔愉，庙居衣冠冢前；戴庙，祀宋平民英雄戴继元，俗称下庙，即戴公祠。

❷ 灵龟左顾频，用孔愉放龟典。《晋书·孔愉传》："愉尝行经余不亭，见笼龟于路者，愉买而放之溪中，龟中流左顾者数四。及是，铸侯印，而印龟左顾，三铸如初。"余不溪，因孔愉放龟于溪中，亦称龟溪。

小马山窑❶鸡首壶

沉静晋人肤，吾心寓此壶。

闻鸡耽饮❷日，玄色入时乎？

[注释]

❶ 小马山窑，小马山窑遗址，在德清县乾元镇德清大桥东侧南坡上，出鸡首壶，以酱色釉为主，兼烧青釉，有"玄翠子霓"之誉。

❷ 耽饮，酣饮，痛饮。

德清君柳察躬❶

总管三神立，溪街香烛纷。

其称子厚❷祖，又语德清君。

县令亲民者，城隍偶像群。

西门原有庙，崇祀且攀云。

[注释]

❶ 柳察躬，柳宗元祖父，唐天宝间为德清县令，因其有惠政，被称为"德清君"，是德清建县后有记载的第一位县令，县民视为城隍神。老德清县城西门建有柳公祠。今柳公像供奉于戴公祠，与戴公、叶公同祀。

❷ 子厚，柳子厚，柳宗元，唐宋八大家之一。

应邀讲"唐诗里的德清"即兴二首

其一

四艺传承久，千年直到兹。

颜书麟士记❶，沈楷柳公碑❷。

诗韵推东野❸，文风数简之❹。

古贤皆已矣，新魄尚能追。

[注释]

❶ 颜书麟士记，唐颜真卿书《沈氏述祖德碑》。

❷ 沈楷柳公碑，唐沈传师书《柳州罗池庙碑》。

❸ 东野，即孟郊，唐贞元十二年（796）进士，与韩愈并称"韩诗孟笔"，与贾岛并称"郊寒岛瘦"，谥贞曜先生。

❹ 简之，姚思廉，姚察子，唐初"十八学士"之一，官至散骑常侍，修撰有《梁书》《陈书》，追赠太常卿，谥康，陪葬昭陵。

其二

掩卷谈诗史，千年两字暄。

喻凫名县令⑤，张说宝山门⑥。

云壮搴苕颖⑦，风饶置武源⑧。

前溪歌舞盛，想象大唐村⑨。

[注释]

⑤喻凫名县令，喻凫曾任德清县令，唐人李频有《送德清喻明府》诗："棹返雪溪云，仍参旧使君。州传多古迹，县记是新文。水栅横舟闭，湖田立木分。但如诗思苦，为政即超群。"

⑥张说宝山门，唐相张说曾为德清县新市镇觉海寺题额。

⑦搴苕颖，搴，采摘；苕颖，苕发颖竖，比喻特出之事物。

⑧武源，德清县旧名，武则天天授二年（691）建武源县。

⑨大唐村，此指前溪村。《大唐传载》："湖州德清县南前溪村，则南朝习乐之处。今尚有数百家习音乐，江南声伎多自此出，所谓舞出前溪者也。"清德清人徐倬《和闻斯溪上听曲歌》："前溪歌舞，疑在吾邑，故邑名临溪者，临前溪也，武康溪路浅隘，恐非歌舞之地。"

唐颜真卿书《沈氏述祖德碑》（局部）

唐沈传师书《柳州罗池庙碑》（局部）

半月泉❶

县中胜迹堪居首，应谢东坡曳履❷声。

桂子诗因元甲盛❸，月泉歌拜令侯名❹。

昔人欲饮思其洁，吾辈登临喜自清。

风物千年焉不毁？诗心一点相回萦❺。

[注释]

❶ 半月泉，在德清县乾元镇北郊慈相寺。宋元祐六年（1091）三月十一日，苏轼曾游，并留诗："请得一日假，来游半月泉。何人施大手？擘破水中天。"月泉桂影，为清溪八景之一。

❷ 曳履，拖着鞋子，形容从容。

❸ 桂子诗因元甲盛，清康熙九年（1670）状元、德清人蔡启僔与其孙蔡赐勋有题月泉桂影诗。

❹ 月泉歌拜令侯名，清康熙初德清知县侯元棐有《月泉歌》："月泉之水寒且冽，我欲饮之畏其洁。"

❺ 回萦，回旋萦绕。

半月泉 1930 年摄

苏轼 《半月泉》诗碑

孩儿桥❶二首

其一

京畿❷流入因成俗，步出城隍❸接踵❹来。

遥想河灯双七❺夜，桥旁稚子售泥孩。

其二

栏杆拍遍不言凭，百廿清溪旧雨增❺。

苍紫桥身藏往事，青藤缠绕塑新棱。

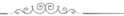

[注释]

❶ 孩儿桥，又名清河桥，宋治平年间建，在德清县儒学前，横跨县桥河。孩儿桥之名，疑桥畔为古时售卖泥孩儿的场所。

❷ 京畿，德清近南宋首都临安，时属京畿之地。

❸ 城隍，城隍庙，孩儿桥北即德清县城隍庙。

❹ 接踵，指脚尖脚跟相接，形容人多如流。

❺ 双七，七夕节。

❻ 百廿清溪旧雨增，百廿清溪，清溪小学前身为1901年许炳堃创设的务本学塾，建校已一百二十年；旧雨，旧故，老朋友，此指校友。

戴公祠古柏❶

焦山北麓巷连庭❷，圆柏单株懿宋馨❸。

枝仄皮苍弥望尽，新沾溪雨带烟青。

[注释]

❶ 戴公祠古柏，邑人取景名"崇祠柏影"。清蔡瑜卿有《戴侯祠古柏歌》："门前柏荫何萧森，故老相传宋至今。"

❷ 焦山北麓巷连庭，焦山北麓戴家巷为戴公家。

❸ 懿宋馨，懿馨，香气喷溢。

文明塔

下阑山下擎天笔，尽蘸余不千古溪。

俊彦魁星❶咸借此，韵流锋发❷自成蹊。

[注释]

❶ 俊彦魁星，俊彦，才智优异的美士；魁星，神话中掌文运的神。

❷ 韵流锋发，同锋发韵流，比喻文章流畅幽美。

文明塔 朱炜 绘

德清进士

德清县科举史上有蔡启僔[1]、蔡昇元[2]、孙在丰[3]、胡会恩[4]、徐天柱[5]、俞陛云[6]六人列三甲，两状元，三榜眼，一探花，名悬县儒学明伦堂，而徐胡谈蔡，旧称德清四大望族，多进士及第者，城中读书氛围甚浓。

千年古县齐三甲，榜首争推蔡与胡。
四一兆灵多折桂[7]，名文御赐续清腴[8]。
衡门修撰传鸿著[9]，连棣郎中入坦途[10]。
荣匾明伦堂上赏，长桥[11]两岸读书庐[12]。

［注释］

❶ 蔡启僔，字硕公，德清人，清康熙九年（1670）状元。
❷ 蔡昇元，字方麓，蔡启僔侄，德清人，清康熙二十一年（1682）状元。
❸ 孙在丰，字屺瞻，德清人，清康熙九年（1670）榜眼。
❹ 胡会恩，字孟纶，德清人，清康熙十五年（1676）榜眼。
❺ 徐天柱，字擎士，德清人，清乾隆二十四年（1759）榜眼。
❻ 俞陛云，字阶青，俞樾孙，德清人，清光绪二十四年（1898）探花。
❼ 四一兆灵多折桂，德清旧志载，“德清蔡翁筑屋落成，梦人授以盘贮四红笺，各大书一”，结果其孙蔡奕琛官至刑部尚书居一品；其曾孙蔡启僔、曾

侄孙蔡昇元中状元，蔡彬中解元。

❽ 名文御赐续清腴，清康熙帝赐"名文实政"匾给胡会恩。清腴，清美。

❾ 衙门修撰传鸿著，德清徐氏有徐倬、徐元正、徐以升、徐开厚、徐天柱六世五人入翰林院为编修。徐倬，字方虎，清康熙十二年（1673）进士；徐元正，字子贞，徐倬子，清康熙二十四年（1685）进士；徐以升，字阶五，徐倬曾孙，徐元正孙，清雍正元年（1723）进士；徐开厚，字周基，徐以升子，清乾隆十年（1745）进士。

❿ 连棣郎中入坦途，德清谈九乾、谈九叙兄弟俱进士，分别官至吏部郎中、兵部郎中。

⓫ 长桥，原名余不桥，唐天宝中始建，宋参知政事李彦颖取苏轼《湖州谢上表》"风俗阜安"之语改名阜安桥。

⓬ 卢，通庐。

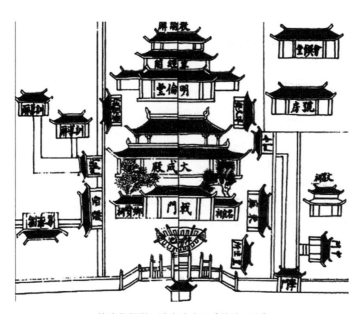

德清县儒学　选自清康熙《德清县志》

德清孔庙前诗会以迎中秋

殿檐伸向岸，寥廓❶入明眸。

沐浴如银界，徜徉结桂愁。

琴音犹可托，稚子已能讴❷。

圆缺❸谁参透，诗文何起头？

[注释]

❶ 寥廓，空旷、深远。

❷ 讴，讴吟，歌唱吟咏。

❸ 圆缺，宋苏轼《水调歌头》词："月有阴晴圆缺。"

辛丑乾元中秋诗会❶后感赋

节近匆忙就约篇，登场仿佛赴华筵。

桨声輣轧❷全湖荻，桂影婆娑半月泉。

巽渚澄清邀鹤子❸，羌山❹妩媚盼苏仙❺。

今年诗会回原址，朗照名城阖境圆。

[注释]

❶ 辛丑乾元中秋诗会，在乾元孔庙前举行。

❷ 輣轧，象声词，形容水声宏大。

❸ 巽渚澄清邀鹤子，巽渚，下渚湖；鹤子，梅妻鹤子，指宋隐逸诗人林逋，谥和靖。清康熙武康知县吴康侯《封山记》载："假东坡、和靖二公筑堤移柳、栽梅放鹤，曷亚荷花十里、桂子三秋耶！"

❹ 羌山，吴羌山。

❺ 苏仙，苏轼。

观清溪书院❶碑

弦歌三百载，孔庙隔门墙。

笃学❷遗经术，寿祺❸披雅章。

续修文丈业，陶养秀才庠❹。

锤拓知碑史，渊源自顺康❺。

[注释]

❶ 清溪书院，在德清县儒学左，明成化十一年（1475）建，清乾隆十八年（1753）重建。清嘉庆八年（1803），德清知县周绍濂延师，主讲朔望课业。徐倬曾孙徐以升曾撰《清溪书院记》。胡渭孙胡彦升曾为清溪书院首任掌教。俞樾曾为清溪书院讲堂题联："合天目、苕溪诸胜，龙飞凤舞而来，钟育英才宜此地；承朏明、方虎之遗，经术文章相望，续修旧业在群贤。"朏明，即胡渭；方虎，即徐倬。清德清人许宗彦著《鉴止水斋集》有《清溪书院十景》组诗，十景名曰清溪一曲、五峰拱翠、烟村香霭、雉堞连云、远浦云帆、礼门桃李、芸签小阁、讲院梧阴、层楼释菜、绀塔凌云。

❷ 笃学，清康熙帝曾赐胡渭"耆年笃学"四字。

❸ 寿祺，清康熙帝曾赐徐倬"寿祺雅正"四字。

❹ 庠，此指县学。

❺ 顺康，清顺治、康熙朝。

清溪小学百廿年校庆❶

依然秋色连时季，华诞增辉叶满阶。

埏甫❷肇基❸称务本，焕文❹助力与相偕。

清溪一曲❺环碑座，工大同源嵌校牌。

百廿年光新纪事，师生话剧共襟怀。

[注释]

❶ 清溪小学百廿年校庆，2021年11月20日举行。浙江工业大学莫干山校区赠祝词"厚德健行 清溪同源"。"厚德健行"为浙工大莫干山校区校训，"清溪同源"寓两校共同拥有一位创始人许炳堃。

❷ 埏甫，许炳堃，名善培，德清人，工科举人，曾任浙江工业大学的前身浙江中等工业学堂监督、浙江省立甲种工业学校校长。

❸ 肇基，始创基本。

❹ 焕文，蔡焕文，字耘孙，号渭生，清光绪二十九年（1903）举人，与许炳堃创办清溪小学前身——务本学塾。

❺ 清溪一曲，清溪书院十景之一。

徐氏修吉堂旧碑❶

界石回归梅下砌，诸生❷观礼细端详。

恂勤终是家声久❸，五世翰林修吉堂。

[注释]

❶ 徐氏修吉堂旧碑，修吉堂徐氏墙界碑，今立在乾元国学图书馆。2020 年 1 月 15 日，在徐家后人徐蓉嘉先生、赠予者陈军建先生见证下，此碑回归。

❷ 诸生，此指乾元国学图书馆少年国学社社员。

❸ 恂勤终是家声久，德清旧志载："徐氏自倬至天柱，五世入翰林，家世恂勤好学。"

修吉堂徐氏墙界碑

德清琴友庚子大寒乾元国学图书馆雅集

鼓素琴奚若❶？新声阻越跻❷。

吴羗山❸下会，松雪画❹中栖。

话雨❺联珠缀，暄风骈璧题。

虽非春唤❻约，屐齿已蠚蠚❼。

[注释]

❶ 鼓素琴奚若，《南史·沈麟士传》："麟士无所营求，以笃学为务，恒凭素几鼓素琴，不为新声。"素琴，指古琴。奚若，何如。

❷ 越跻，跨登。

❸ 吴羗山，即乾元山。德清旧志载："（羗山）山形当县而峙，盖县之屏扆也。"南朝名贤沈麟士隐居于此讲经授徒。时谚有"吴羗山中有贤士，开门教授居成市"。

❹ 松雪画，赵孟頫号松雪道人，绘有《松荫会琴图》等。

❺ 话雨，唐李商隐《夜雨寄北》诗："何当共剪西窗烛，却话巴山夜雨时。"后喻朋友叙旧。

❻ 春唤，鸟名，别名唤起，声如络纬，圆转清亮，偏鸣于春晓，又名报春鸟。

❼ 屐齿已蠚蠚，屐齿，指足迹；蠚蠚，行列整齐分明的样子。

乾龙灯会❶

古城元夕❷华灯满，舟次❸长桥话敞闲。

新景新人皆入画，昼临溪水夜描山。

─────〰〰〰〰─────

[注释]

❶ 乾龙灯会，首届乾龙灯会于 2001 年举行，以后每年元宵节期间举办。

❷ 元夕，元宵节。

❸ 舟次，船只停泊。

俞樾故里[1]二首

其一

曲园夫子姑苏老，四世同筵[2]三代骄。

敢问旧居何处觅？临溪门外拱元桥[3]。

其二

乌巾山下三椽屋[4]，老树高巢报喜期。

岁月蹁跹[5]楼早毁，大师故里建新祠。

[注释]

❶ 俞樾故里，在德清县乾元镇金火村南埭圩。俞樾，字荫甫，号曲园居士，1821 年生，1907 年辞世，德清人，清道光三十年（1850）进士，曾任翰林院编修、国史馆协修、河南学政，后主讲杭州诂经精舍三十余年，其著作之丰，门下之盛，对后世影响尤深，有"一代儒林宗硕，湛思而通识之人"之誉。

❷ 筵，筵席。

❸ 临溪门外拱元桥，俞家世居德清县东门外拱元桥。临溪门，又名拱乾门，即德清县城东门。拱元桥，俞樾于 1887 年募捐重建，今遗桥墩。

❹ 乌巾山下三椽屋，出自俞陛云《鹧鸪天》词。

❺ 蹁跹，形容轻快地旋转舞动的样子。

再谒苏州曲园❶

巷陌深深烛影殊，曲园著述起宏图。

乡人每道文章事，谈蔡徐胡并许俞❷。

[注释]

❶ 苏州曲园，在苏州市姑苏区马医科巷 43 号，俞家人为避俞樾曲园之号，称"花园里"。2013 年 9 月 20 日，余赴苏州参加寒山寺文化论坛期间第一次谒曲园，《苏州日报》副刊曾发余文《拜谒曲园》。2019 年 6 月 5 日，余随德清政协文化之友社一行至苏州第二次谒曲园。2022 年 1 月 24 日，《姑苏晚报》副刊发余文《走读曲园》。

❷ 谈蔡徐胡并许俞，俞樾撰《重建德清县儒学记》："吾邑大家旧推四姓，曰徐曰胡曰谈曰蔡，而沈而许，亦右族也，稽其谱牒，咸有传。"

曲园著书之墨

春在堂曲园先生著书之墨

德清俞太史著书之庐❶

门外榜书❷连鹊檐❸，姑苏每过必游瞻。

中堂姓李❹红镶顶，太史名俞雪满髯。

交谊平生终篆盖❺，乡情至老始题签。

德清故里桥仍在，遥望寓庐安且恬。

[注释]

❶ 德清俞太史著书之庐，为清李鸿章手书横匾。太史，翰林的别称。

❷ 榜书，泛指题写匾额所用的书体。

❸ 鹊檐，鹊鸣檐。旧俗鹊鸣檐前为喜兆。

❹ 中堂姓李，李中堂，李鸿章。

❺ 篆盖，古时墓志铭例用石相合，以一石为盖。李鸿章墓志铭为俞樾篆盖。

《俞樾全集》❶出版感赋

小浮梅槛❷抚心讴，静谧家乡胜事❸稠。

南埭仙桥❹萤火亮，俞楼夜月❺棹歌悠。

白苏连继西湖长❻，袁阮❼相沿才子俦❽。

海内蜚声扬海外，风华百代誉寰球❾。

[注释]

❶《俞樾全集》，浙江古籍出版社 2020 年版，精装，凡三十二册。另有江苏凤凰出版社版。

❷小浮梅槛，俞樾特制之小舟。

❸胜事，美好的事情。

❹南埭仙桥，南埭四佳桥，今为俞樾老家地标。

❺俞楼夜月，清末西湖孤山四景之一。俞楼，门外旧有俞楼二字，清彭玉麟所书，刻字于砖，置砖于楣，今改建为杭州俞曲园纪念馆。

❻白苏连继西湖长，白居易与苏轼先后任过杭州刺史、杭州知州，有"西湖长"之誉。

❼袁阮，清著名学者袁枚与阮元。

❽俦，同辈。

❾寰球，天下。

曲园书藏　在杭州俞楼后山

俞樾二百周年诞辰纪念二首

其一

故里迎新岁，先生二百龄。

雪消灵兔❶彻，春在卧牛❷青。

茸芷缭衡室❸，璇玑入宇星❹。

文声延四世，不坠曲园庭。

[注释]

❶ 灵兔，指月兔，代指俞楼夜月。

❷ 卧牛，乌牛山，又名乌巾山、德清山，俞樾出生于乌牛山麓。

❸ 茸芷缭衡室，俞樾曾孙俞平伯室名。

❹ 璇玑入宇星，俞樾侄孙俞同奎曾以北斗星为女儿取名俞锡璇、俞锡玑、俞锡衡。

其二

曲园应属近名人，四世同堂家集珍。

写作俱佳稀印面❺，题吟无碍总儒绅。

课孙兼及重孙业，付梓曾捐桑梓民❻。

每竟岁年刊一著❼，皇皇五百绕祥轮❽。

[注释]

❺ 写作俱佳稀印面，俞樾有印章"先皇天语写作俱佳""纶音殚心著述"。

❻ 付梓曾捐桑梓民，俞樾曾几次将卖文所得用于赈灾。付梓，排印书籍。

❼ 每竟岁年刊一著，俞樾一生"专意著述，每竟一岁皆有写定一书刊行于世"。

❽ 祥轮，太阳。

俞樾像　清杨鹏秋 绘

俞樾偕子祖仁、孙陛云、曾孙
铭衡恭贺年禧

从《曲园课孙草》❶读到《诗境浅说》❷

东苕溪上租花舫❸，大小曲园成梓乡❹。

并蒂兰开金粟蕊❺，祖孙重宴鹿鸣章❻。

故都曾寄清华寓❼，青岛偕游海浴场❽。

诗境自谦唯浅说，一生羁旅❾此中详。

[注释]

❶《曲园课孙草》，俞樾为孙俞陛云编童蒙教材。

❷《诗境浅说》，俞陛云为孙儿女"欲学为诗"编选的启蒙读物。

❸ 花舫，俞陛云曾乘张家花船至湖州应府试。

❹ 大小曲园成梓乡，大曲园，指俞樾苏州寓所；小曲园，即杭州俞楼。梓乡，故乡。

❺ 并蒂兰开金粟蕊，俞樾曾在斋中兰开并蒂时折赐俞陛云。

❻ 祖孙重宴鹿鸣章，重宴鹿鸣，清代科举制度中对考中举人满六十周年者的庆贺仪式。俞樾、俞陛云都活到了重宴鹿鸣的年纪。

❼ 故都曾寄清华寓，俞平伯任教清华大学时曾住清华南院舍秋荔亭。

❽ 青岛偕游海浴场，俞平伯于 1937 年 4 月侍双亲、偕夫人游青岛。

❾ 羁旅，寄居他乡。

俞陛云像　丰子恺 绘　俞平伯诗集《忆》中插图

阅俞陛云朱卷❶

鹊音再传老楼❷荒，往返苏杭宿夜航。

同辈弟兄❸音信❹匿，今翻朱卷始知详。

[注释]

❶ 朱卷，指由专人用朱笔誊录的供阅卷官看的试卷。

❷ 老楼，指俞樾老家旧居鹊喜楼。

❸ 同辈弟兄，俞陛云同辈兄弟中有兄俞同元、俞同恺，弟俞箴玺、俞箴墀、俞同奎等。俞同元，又名侃，曾任南汇县典史，俞樾晚年将"俞樾之印"传予此侄孙，许其代笔后钤印。

❹ 音信，音尘，往来的信件和消息。

俞陛云殿试卷

俞平伯❶一百二十周年诞辰有怀二首

其一

逆旅❷平生属此牵，提行❸景语❹异常妍。

苏杭终是栖居地，长忆清溪一夜船❺。

其二

拱元墩畔碧波粼，故宅无踪寄绝垠。

经眼榆花双甲子，俞翁词笔又传薪。

[注释]

❶ 俞平伯，俞樾曾孙，俞陛云子，名铭衡，1900 年在苏州出生，祖籍德清，北京大学毕业，曾任上海大学、燕京大学、北京大学、清华大学教授，中国社科院文学研究所研究员，中国古典文学研究专家，"新红学"奠基人，1990 年在北京辞世。余曾参与俞平伯纪念馆展陈文案，后在俞平伯研究专家孙玉蓉指导下编纂《俞平伯年谱》。

❷ 逆旅，客舍。

❸ 提行，书写时另起一行。

❹ 景语，诗词中描写景物的文字。

❺ 长忆清溪一夜船，俞平伯撰《吴歌甲集·序》称："如拿着我的名片看，这上面明明写着'浙江德清'；但考其实际，我只在德清县城河中泊了一夜船。"

俞楼往事

气象京华早，青年立骏声❶。

俞楼人尽识，仙馆❷梦深情。

西子湖心泛，右台山麓萦。

赛诗迎胜日，驿路鹊飞鸣。

[注释]

❶ 骏声，盛誉。

❷ 仙馆，右台仙馆，在杭州右台山麓，俞樾家族墓在右台山，旁有墓庐右台仙馆。俞樾自制笺有《吴中曲园图》《杭州俞楼图》《右台仙馆图》。

俞楼　20 世纪 20 年代

俞楼　1949 年前后

陪邵振国夫妇参观俞平伯纪念馆❶

卅年之后❷谒俞翁，仰慕依稀几度鸿。

恰值江南烟雨霁，春风万里写家风。

[注释]

❶ 陪邵振国夫妇参观俞平伯纪念馆，2016 年 5 月 11 日作家邵振国偕夫人参观俞平伯纪念馆。邵振国，原甘肃省作家协会主席，当年报考某高校文学系至北京参加考试，曾住在俞平伯家，称俞平伯长女俞成为"大姨"，称俞平伯为"外公"。

❷ 卅年之后，三十年之后，指 1985 年以后。

蔡剑飞❶先生百年诞辰读书会

先贤有德行，宛若水之清。

遗泽今仍在，诚怀忽复盈。

吴羌新过雨❷，承厚故雕甍❸。

每话乡邦事，常思夫子名。

[注释]

❶蔡剑飞，1916年生，德清人，暨南大学中文系肄业，清溪小学前身余不完全小学第一任校长，20世纪80年代后潜心地方史研究，参与多部志书编纂，有"德清活字典"之誉，曾提炼"人有德行如水之清"诠释德清县名，2005年辞世。2016年12月31日，蔡剑飞百年诞辰读书会在德清县乾元镇举行。2017年，《蔡剑飞作品集》由现代出版社出版。

❷吴羌新过雨，吴羌过雨，"清溪八景"之一。

❸承厚故雕甍，蔡剑飞祖宅承厚堂，清同治四年（1865）建，有四进，雕梁画栋，设花厅。甍，屋脊。

贺吴冠民《独破庐诗词联合集》[1]出版

乾元出夙儒[2]，宛若世家吴。

冠系城中首，民为乡里夫。[3]

吟鞭[4]年少执，书砚[5]夕阳弧。

独破庐间味，悲欣交集途。

[注释]

[1]《独破庐诗词联合集》，吴冠民著，团结出版社 2019 年版。吴冠民，字越人，号独破庐主人，1942 年生，德清人，曾任德清县民间文艺家协会首届主席，主编《德清旅游文化》，并参与防风文化的挖掘、研究以及下渚湖景区的前期开发。

[2]夙儒，志成博学的读书人。

[3]冠系城中首，民为乡里夫，吴冠民父亲为其定性："大儿为民之冠，虽经努力颠覆，欲当村干部而不能，惜乎一生才华而不仕。"

[4]吟鞭，诗人的马鞭。

[5]书砚，砚台。

第三辑
大运河诗路

大运河诗路德清段二首

其一

一舸❶宵航❷接晓暾❸，仙潭❹水映德清源。

行吟诗路寻巾❺去，南埭❻前头是蒩村❼。

[注释]

❶ 舸，大船。

❷ 宵航，夜航。

❸ 晓暾，朝阳。

❹ 仙潭，新市别名，宋状元丞相吴潜十岁时曾榜书"仙潭"于镇之东栅，从此"仙潭"二字成为后世新市文人魂萦梦绕的渊薮。

❺ 巾，儒巾，古代读书人所戴的一种头巾。

❻ 南埭，今德清县乾元镇金火村，俞樾故里。

❼ 蒩村，今德清县新安镇舍北村，沈约葬地。

其二

有朋午枕⑧作酣眠，梦断杨坟⑨古渡边。

水路还家穿巽渚⑩，芰荷⑪满载武康船。

[注释]

⑧ 午枕，午睡。

⑨ 杨坟，今德清县下渚湖街道上杨村、下杨村，宋名将杨存中家庙所在。

⑩ 巽渚，下渚湖。

⑪ 芰荷，菱叶与荷花。

新市古镇

古镇仙潭文苑知，状元丞相幼题时。

运河载客斟黄酒，丝路簪花漾绿漪。

缱绻❶品评新十景❷，深沉审美假三疲❸。

榜书淡廓诗文见，不逊邻乡❹半子棋。

[注释]

❶ 缱绻，情意缠绵不忍分离的样子。

❷ 新十景，相较于形成于宋、定型于明的仙潭十景。旧仙潭十景，曰三潭夜月、九井寒泉、南寺晓钟、西溪夕照、渚山花雾、塔院松风、马迹秋芜、桃源春洞、土祠古杏、佛舍灵芝。

❸ 三疲，足疲、眼疲、心疲。

❹ 邻乡，此指乌镇。

吴潜像　选自《宁东茭笋塘吴氏宗谱》

仙潭书院❶

惠周桑梓前文社，雄震仙潭书院墙。

肄业生员❷常课试，尘封童卷❸志忼慷❹。

[注释]

❶ 仙潭书院，在德清县新市镇，前身为仙潭文社，系镇人钟丙熙创办。俞樾与钟丙熙是德清县学同学，俞樾曾为仙潭书院篆额，并撰记，题"敬业乐群""雄震仙潭"匾。湖州知府桂斌曾赠钟丙熙"惠周桑梓"匾。

❷ 肄业生员，肄业，修业。生员，诸生。

❸ 童卷，童生的考卷。今有仙潭书院故纸，犹见肄业、生员字样。

❹ 忼慷，意气激昂，胸襟开阔。

仙潭书院故纸

己亥新市蚕花庙会❶

庙会人空巷，胭脂小弄凉。

岁新三节❷萃，风合两花❸香。

种豆期收豆，牵桑思采桑。

运河闻荡桨，梦里是蚕乡。

[注释]

❶ 新市蚕花庙会，首届新市蚕花庙会于 1990 年清明举行，以后每年清明举办。2019 年蚕花庙会上，曾为余小书《湖烟湖水曾相识》绘书签的徐哲阅被选为蚕花娘娘，作家苏沧桑所撰《蚕花记》中有精彩描写。

❷ 三节，指清明节、端午节、中秋节。

❸ 两花，豆花、桑花。

新市蚕乡

蚕丝绸文化论坛❶二首

其一

运河脉动生机早，哑轧❷门枢茧尽缲。

悄至清明逢庙会，久违花轿带丝绦❸。

湖蚕文献分三类❹，天竺名牌❺得一褒。

千缕柔情增荏染❻，桑园翘首丽阳高。

[注释]

❶ 蚕丝绸文化新市论坛，2021年第23届新市蚕花庙会设蚕丝绸文化论坛，余撰论文《武康蚕桑业的发展演变》参会。

❷ 哑轧，象声词，唐杜牧诗有"机丝弄哑轧"句。

❸ 丝绦，丝带。

❹ 湖蚕文献分三类，湖州师范学院刘旭青教授论文《论〈湖蚕述〉的乡土文献价值》，将《湖蚕述》征引文献七十七种分为三类：一是农蚕书类，二是地理方志书类，三是笔记、其他书类。

❺ 天竺名牌，莫干天竺蚕种场所产蚕种品牌，又称莫干蚕种。

❻ 荏染，柔软的样子。《诗经·小雅·巧言》："荏染柔木，君子封之。"

其二

基地⁷由来殊不易，农为国是⁸自当申⁹。

桑麻疏忽光阴改，风土曾谙滋味亲。

辑里生丝⑩销外宇⑪，莫干蚕种运遐邻⑫。

吾湖故事多崇本⑬，今得传承与日新。

[注释]

⑦ 基地，湖州师范学院教育部中华传统文化（蚕丝绸）传承基地。

⑧ 国是，国家的重大政策。

⑨ 申，申报。

⑩ 辑里生丝，辑里丝，南浔特产，在机械缫丝尚未盛行时，曾畅销国内外。

⑪ 外宇，外域。

⑫ 遐邻，远邻。

⑬ 崇本，特指重视农业。

编书匠施瑛❶

参寻❷沪上编书匠，世乱年荒蛰❸故乡。

陋室幽忧难抒意，他途重振简升堂❹。

英文课本能通读，汉语辞书助积强。

抵掌❺入门终要钥，旧诗作法❻继新章。

[注释]

❶ 施瑛，字慎之，1912 年生，1986 年辞世，德清县新市镇人，南京金陵大学文学院肄业，历任上海文化出版社编辑、中华书局上海编辑所编辑，上海市作家协会会员。抗战期间避居新市执教谋生，办中学补习班，授生以英文，不仅按课本教读，而且教如何使用字典，强调理解和应用。2018 年 2 月，余在《老照片》杂志刊文《“编书匠”施瑛》。

❷ 参寻，寻访。

❸ 蛰，蛰居。

❹ 升堂，指开办补习班事，旧有升堂弟子一说。

❺ 抵掌，击掌。

❻ 旧诗作法，指施瑛著《旧诗作法讲话》。

《在孟溪那边》❶阅读分享会

耘耔❷春风古镇边，芸薹❸淡淡蝶花田。

《诚斋集》❹里寻常见，诗句鲜妍缀陌阡❺。

[注释]

❶《在孟溪那边》，胡桑著，东方出版社 2017 年版，散文集。孟溪，即德清县新市镇盂西村。胡桑，本名胡国平，德清县新市镇人，诗人、评论家，任教于上海同济大学人文学院。

❷ 耘耔，泛指从事田间劳动。《诗经·小雅·甫田》："今适南亩，或耘或耔。"

❸ 芸薹，油菜花别名。

❹《诚斋集》，宋杨万里诗集。杨万里有《宿新市徐公店》诗二首："篱落疏疏一径深，树头新绿未成阴。儿童急走追黄蝶，飞入菜花无处寻。""春光都在柳梢头，拣折长条插酒楼。便作在家寒食看，村歌社舞更风流。"

❺ 陌阡，阡陌，田间小路。

蔺村❶

荷叶浦❷西频历抵❸，桥书万善庙名彰❹。

纪闻❺尝谓张仙殿，耆宿❻多称百子堂。

大母❼虔诚因应祷，小孙恭敬愿添璋❽。

蔺村沈氏由来古，世俗功名俯与昂。

[注释]

❶ 蔺村，今德清县新安镇舍北村，因本地沈氏崇蔺相如，建蔺相如祠以祀而得名。宋嘉泰《吴兴志》中已有蔺相如庙，《元代湖州路户籍文书》中已称蔺村。

❷ 荷叶浦，荷叶浦漾，位于德清县东，在下舍、勾里、韶村各漾荡之间，水面宏阔，通大运河中线。

❸ 历抵，造访。

❹ 桥书万善庙名彰，桥书万善，万善桥；庙名，百子堂，又名张仙殿，俞樾祖母戴氏曾来此求子而应，后俞樾为其长子俞绍莱复来此求子。

❺ 纪闻，《春渚纪闻》，宋何薳著，笔记集。

❻ 耆宿，年高有德望者。

❼ 大母，祖母。

❽ 添璋，得添弄璋，添个男孩。

吴江墓❶

丰榜题名流庆誉❷，卒年失载墓成稽❸。

石羊石虎依神道，青草青桑没马蹄。

慈孝村❹夸名士绩，承芳坊❺刻大夫题。

清溪八景❻相沿久，始作诗人寂寞栖。

[注释]

❶吴江墓，在德清县新安镇孙家桥村。吴江，字从岷，号与斋，德清人，明弘治九年（1496）进士，官至河南布政司右参政，抚治南阳，追封进阶大夫。

❷丰榜题名流庆誉，化用叶云峰诗句"金榜题名流庆誉"。丰榜，进士丰榜碑。

❸稽，稽考，考证。

❹慈孝村，即今德清县新安镇舍北村。

❺承芳坊，德清旧志载："在十五都慈孝村，弘治间为进士吴江立。"

❻清溪八景，曰石壁归樵、月泉桂影、野桥梅雪、羌山过雨、乾元晓钟、金鳌秋月、玉尘晴云、龟溪夕照。吴江是已知最早题清溪八景诗的邑人。

赠太史政胡耀飞❶

未知何夕书札❷至，喜宴迎亲扮打锣❸。

下舍❹虽偏吴越境，长安❺不远曲池波。

楼高但任云飞过❻，茶涩何如酒烈多。

贡赐之间兴废史，扶桑归罢又苎萝❼。

[注释]

❶ 胡耀飞，字子羽，德清人，复旦大学历史学博士，陕西师范大学历史文化学院副教授，中国唐史学会理事，著有《贡赐之间：茶与唐代的政治》《吴越国与吴越钱氏研究》等。

❷ 书札，喜帖。

❸ 喜宴迎亲扮打锣，胡耀飞大婚时，余曾迎亲敲锣。

❹ 下舍，胡耀飞老家，有书房名观蠡轩。

❺ 长安，西安。

❻ 楼高但任云飞过，2013 年德清中秋诗会以"楼高但任云飞过"征下联，胡耀飞对得最工。

❼ 扶桑归罢又苎萝，扶桑，日本的别名，胡耀飞 2019 年 3 月至 2020 年 3 月赴日本国学院大学做访问学者；苎萝，山名，在诸暨，胡耀飞自日本归后曾在诸暨带学生实习。

中初鸣良渚文化制玉作坊遗址❶

洪水淹埋巫与祝❷，金鹅翔集引吭鸣❸。

宝光藏蕴传西土❹，美质坚贞出老坑。

管状为征当项饰，锥形成组插头璎。

瓷源❺已是缤纷迹，玉琢寻端❻众目瞠❼。

[注释]

❶ 中初鸣良渚文化制玉作坊遗址，在德清县雷甸镇杨墩村。良渚先民在天目山采玉，通过东苕溪运抵德清中初鸣进行加工制作，最后运至良渚古城、临平、嘉兴、福泉山等地使用。

❷ 巫与祝，研究中国古代文化必然逃不了对巫、祝、宗、史的研究。

❸ 金鹅翔集引吭鸣，德清旧志载，金鹅山绝顶有池，冬夏不涸，昔传有金鹅翔集，樵者或闻其鸣，今山南有村名上初鸣、中初鸣、下初鸣者。引吭，拉开嗓子，谓高鸣。

❹ 宝光藏蕴传西土，民国《德清县新志》"物产"载："中初鸣、下初鸣、桑育高桥地中时掘有杂角古玉及圈环、步坠等物，质坚，色多红黄，时人谓之西土汉玉，佳者极珍贵。"

❺ 瓷源，瓷之源。

❻ 寻端，循着线索。

❼ 目瞠，即瞠目，形容惊讶的样子。

中初鸣时的良渚　方向明 绘

蠡山❶爱情小镇二首

其一

庙貌扁舟❷驻漾中，古装剧目渐微濛❸。

画桥足印❹纤纤雨，撩动行人隐隐衷。

其二

石池剑没凭谁取❺？回马岭高消世纷❻。

对错有时难判定，真情不计戚❼和欣。

[注释]

❶ 蠡山，在德清县钟管镇蠡山村，旧有八景：陶朱古井、西施画桥、碧山风薷、翠岭马回、石池剑跃、柳浪浮珠、竹林云屋、松峤天梯。

❷ 庙貌扁舟，蠡山巅有范蠡祠，祠形若舟，前有两面戏台，俞樾曾题"庙貌扁舟"匾。

❸ 微濛，隐约迷蒙。

❹ 画桥足印，指西施画桥。

❺ 石池剑没凭谁取，指石池剑跃。

❻ 回马岭高消世纷，指翠岭马回。

❼ 戚，忧愁，悲哀。

题管道昇❶像

故院❷茅山下，长情且对姻❸。

书坛松雪体，画法管夫人。

封号非贪富，闲居❹不厌贫。

东衡原❺上竹，清影拂琴滨。

[注释]

❶ 管道昇，字仲姬，德清县钟管镇茅山村人，管伸次女，赵孟頫夫人，世称管夫人，封魏国夫人，有《墨竹谱》传世。

❷ 故院，指管公孝思楼道院。

❸ 对姻，相匹配。

❹ 闲居，赵孟頫有《德清闲居》诗："已无新梦到清都，空有高情学隐居。贫尚典衣贪购画，病思弃研厌求书。园人焚积夜防虎，溪女叩扉朝卖鱼。困即枕书饥即饭，谋生自笑一何疏。"

❺ 东衡原，东衡山原，在德清县洛舍镇东衡村，赵孟頫、管道昇夫妇墓在此。赵孟頫撰《管氏墓志铭》："东衡之原，夫人所择，树以青松，铭以贞石。"

管夫人像　选自清颜希源编《百美新咏图传》

辉山塔❶

屹立龙溪❷二百年，辉山风雨洗华铅❸。

残岩守缺因开口，高塔崚嶒❹以补边。

每面均雕奎宿❺像，顶层特饰佛经砖。

刹尖桃树何时坠？圆月徐升朗照肩。

[注释]

❶ 辉山塔，在德清县钟管镇东舍墩村，清嘉庆二十五年（1820）竣，塔高十八米，七层六面，每面均饰砖雕魁星像，塔刹昔长有一株桃树。

❷ 龙溪，东苕溪支流，流过钟管镇。

❸ 华铅，即铅华。

❹ 崚嶒，高耸突兀。

❺ 奎宿，魁星。

辉山塔旧景　陈学璋 绘

题傅商岩❶公像

龙山桥峻公临世❷，三试秋闱❸未得鸣。

外祖久营泸郡府❹，孙男初幕垫江城。

性征❺孝友云林匾❻，品植❼端方石表旌。

父以子荣身后显，乡贤祠立永垂名。

[注释]

❶ 傅商岩，名羹梅，德清县钟管镇尚博村人，傅云龙父，曾在四川垫江、丰都、云阳等县，后入云南临安、昭通等府为幕，终官云南恩安知县，卒后以"性征（证）孝友，品植端方"获封乡贤。

❷ 龙山桥峻公临世，傅羹梅有印章"龙山桥峻我生时"。

❸ 秋闱，秋试，科举时代在秋季举行的乡试。

❹ 外祖久营泸郡府，傅羹梅外祖父姚谱芳为四川泸州府有名的钱粮师爷。

❺ 性征，指行为和脾气。

❻ 云林匾，傅氏家祠曾悬傅羹梅题"云林"匾。

❼ 品植，同植品，树立人品，培植好品行。

读傅云龙❶《游历美加等国图经余记》

清季派君行海外，遍游拉美❷又东洋❸。

图经各国文明史，余记沿途政典章❹。

纂喜庐中身等著❺，乡贤祠❻里泪盈眶。

时人不识其孤诣，相遇何来互鉴妨❼！

[注释]

❶ 傅云龙，字楼元，一字懋元，号醒夫，德清人，室名纂喜庐，曾为游历使，被派往日本及美洲各国考察，重点游历日本、美国、加拿大、古巴、秘鲁、巴西，顺途考察哥伦比亚、巴拿马、智利、阿根廷、乌拉圭，往返共经十一国，并编写图经。

❷ 拉美，拉丁美洲。

❸ 东洋，日本。

❹ 政典章，记载治国的典章或制度。

❺ 身等著，著作等身。

❻ 乡贤祠，特指傅云龙在老家所建乡贤公祠。

❼ 相遇何来互鉴妨，不同的文明之间的相遇，哪会因为互鉴而妨碍彼此。

篆喜庐文初集　清翁同龢 题

湖州市诗词学会七代会❶在钟管镇召开

晴云披彩缎，盛会尽嘉宾。

茗雪诗声远❷，龙溪词派新。

止戈英气爽，举帜劲风巡。

后浪追前浪，湖城跃锦鳞❸。

[注释]

❶ 湖州市诗词学会七代会，2020 年 10 月 11 日湖州市诗词与楹联学会第七次会员大会在德清县钟管镇召开。

❷ 茗雪诗声远，浙江省诗词学会原会长戴盟曾为杭州市诗词学会贺题："茗雪诗声远，丝茶韵味长。""茗雪诗声"为湖州市诗词与楹联学会会刊名，钱仲联先生题。

❸ 锦鳞，锦鲤。

贺戈亭诗派展览馆❶开馆

烽火城头掩将星，感怀风雨驻戈亭。

吟诗击节青霜夜，煨芋围炉白雪扃❷。

热血拼倾歼敌寇，英魂长寄迭乡形。

霞飞❸故地开天际，绛赤橙金照谢庭❹。

[注释]

❶戈亭诗派展览馆，在德清县钟管镇戈亭村。戈亭诗派，为抗战时期浙西敌后爱国诗歌流派，以《戈亭风雨集》得名。

❷煨芋围炉白雪扃，1943年1月，戈亭诗派成员冯默存、陆振寰、朱渭深等在戈亭乡下夜明滨雪后煨芋，围炉赋诗，不幸被日寇突袭俘虏，囚禁于杭州，至年底营救出狱。扃，门户。

❸霞飞，双关，指霞光飞泻，寓《戈亭风雨集》主编朱渭深号。

❹谢庭，晋名臣谢安的门庭，代指戈亭诗派成员后人。

《戈亭风雨集》 陈景超 1997 年校注本封面

庚子中秋戈亭诗会

岁逢双节❶正相宜，疫后❷家邦发劲枝。

古塔❸崚嶒栽树绮，戈亭淅沥❹落英❺奇。

心中有梦无旁骛❻，足底留痕且润滋。

若信宵晖❼非只月，诗缘不解入愚痴❽。

[注释]

❶ 双节，中秋节、国庆节。

❷ 疫后，新冠疫情暴发以来。

❸ 古塔，指辉山塔。

❹ 淅沥，形容风雨声。

❺ 落英，落花。

❻ 无旁骛，心无旁骛。骛，追求。

❼ 宵晖，月亮。

❽ 诗缘不解入愚痴，谓读诗和作诗到如醉如痴的程度。

珠祖神庙❶

千百之中存一嘉，土人掏摸岁喧哗。

小山漾❷立祖神庙，古井栏遗露甲花❸。

种髓鳞丸尝玉液，采天灵气纳芳华。

吾今谒迹方知意，美育珍珠香蕴茶。

[注释]

❶ 珠祖神庙，在德清县洛舍镇砂村章家桥村，庙有楹联："种髓鳞丸得神玉液；采天灵气纳月善华。"珠祖，南宋湖州人叶金扬，成功培育出附壳佛像珍珠者。

❷ 小山漾，人工培育珍珠的发源地，附近便是瓷之源遗址群。原始瓷经此走东苕溪、太湖水路，到无锡、苏州，或可说是中国最早的水上陶瓷之路。

❸ 古井栏遗露甲花，小山寺昔有塔院，栏槛外多植瑞香花。瑞香花，即露甲花。宋张翊著《花经》，推兰花、牡丹、蜡梅、荼蘼和露甲花为花中"一品"。

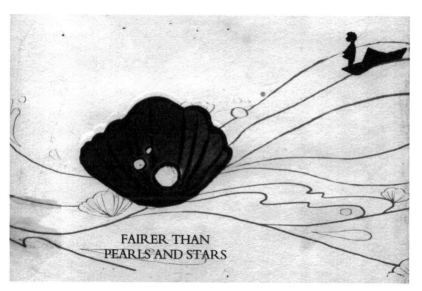

育珠　沈志荣传记《一辈子只为一颗珍珠》封面

己亥中秋洛舍东衡雅集

墨客骚人❶何处逢，新辞多忆旧行踪。

东衡原上扪松雪❷，月色朦胧唱我侬❸。

[注释]

❶墨客骚人，风雅的文士。墨客，文人。骚人，屈原作《离骚》，因此称屈原或楚辞的作者为骚人，泛指诗人。

❷松雪，双关，既指松上积雪，又指赵孟頫墓碑。

❸我侬，《我侬词》，管道昇名作。

赵孟頫墓前石马

赠清思琴苑❶主人

姑苏风月近，洛舍有云林❷。

山水宜为室，丝桐合作琴。

坐翻工尺谱❸，觅得妙知音。

门市琳琅❹展，清思錾❺刻心。

[注释]

❶清思琴苑，清思琴苑古琴工作室，位于德清县洛舍镇洛舍村十里琴廊，主人卢云开、计静夫妇为斫琴师与琴弦师。

❷云林，隐居之所。

❸工尺谱，中国古代记乐谱的方法，用上、尺、工、凡、合、四、乙，依次记写七声。

❹琳琅，美玉，此指美好珍贵之物。

❺錾，小凿。

八月十六夜携小女洛舍赏月

十六月当❶央，相携洛舍洋❷。

粼粼莲瓣影，点点地廊光。

桂桨谁盈握？心帆自动扬。

徽柔公主讳❸，怜爱女儿常。

[注释]

❶ 当央，当中，中间。

❷ 洛舍洋，即洛舍漾。洛舍漾为德清县北流之巨浸，与湖州接壤，宋人说漾产金莲子，明人形容风帆往来，菰蒲交映。洛舍镇以靠近洛舍漾而名。

❸ 徽柔公主讳，宋仁宗福康公主幼名徽柔。

《姚维新❶诗文选》付梓有感

墨痕流动桨声寥，风雨经年朴琢雕。

小肆萦牵小港里❷，大江犹唱大通桥❸。

身名半我非无我，邸报❹飘姚❺赖有姚。

集结戈亭成阵伍，谁能世路独心昭？

[注释]

❶ 姚维新，又名姚震亚、姚进、姚半我，1913 年生，1995 年辞世，德清县洛舍镇人，曾在上海《晨报》《浙江商报》发过小小说、杂文，抗战时期创办《先锋》《抵抗》小报，为戈亭诗派成员。

❷ 小港里，地名，姚维新旧宅所在。

❸ 大江犹唱大通桥，大江，清德清人戴望《洛舍漾》诗："抽帆齐唱大江东，百里湖山指顾中。"大江东，出自苏轼《念奴娇》词。大通桥，洛舍地标之一，桥柱上有两副名联："两岸潮平，灯火万家称洛舍；中流浪急，石梁五柱作长城。""风大云扬，远及东林近洛水；南通北达，上连天目下苕溪。"

❹ 邸报，抄报，小报。

❺ 飘姚，飘荡，飞扬。

瓷之源❶

青铜肇始❷饰王朝，吴越之边土木焦。

亭子桥❸头铺礼器，火烧山❹表卧龙窑。

云盈叠印悠悠岁，豆黑交加淡淡苗❺。

堪与彩瓷相媲美❻，龙山龙胜尽娇饶。

[注释]

❶瓷之源，指以德清为中心的东苕溪流域的商周时期窑区，是中国制瓷史上的第一个高峰。

❷肇始，开端。

❸亭子桥，亭子桥窑址，在德清县阜溪街道龙胜村。

❹火烧山，火烧山窑址，在德清县阜溪街道龙山村。

❺苗，火苗。

❻媲美，美好的程度彼此相当。

武康❶为江南沈氏发祥地

将相南朝多武邑❷，前溪歌舞至今闻。

尚书谥隐非真隐❸，居士怀文无假文❹。

廿四史中垂典范❺，十三经里见丰筋❻。

千年大族推姚沈，问祖金鹅述善坟❼。

[注释]

❶ 武康，特指未析出德清县时的武康县。

❷ 将相南朝多武邑，武康名谚云："满朝文武半朝康。"满朝文武中近一半是武康人。

❸ 尚书谥隐非真隐，指沈约。

❹ 居士怀文无假文，指沈麟士。

❺ 廿四史中垂典范，指沈约著《宋史》。

❻ 十三经里见丰筋，指沈麟士注《孝经》。丰筋，谓书法有骨力。

❼ 金鹅述善坟，沈戎墓，在德清县康乾街道金鹅山。沈戎，字威卿，封海昏侯，辞不受，后追封述善侯，为江南沈氏始祖。

皇觉寺^❶

邦邑邦人^❷室不迁，凤凰山^❸麓祖宗田。

元嘉舍宅为灵寺，天复重修种德渊。

砖刻绍兴深入史^❹，额名皇觉永流传。

法师^❺逾冠萌宏愿，沈氏家声四海宣。

［注释］

❶ 皇觉寺，在德清县阜溪街道龙山村，为吴兴沈氏祖庭。寺基传为始祖沈戎故宅。南朝宋元嘉三年（426），沈氏后裔舍宅为寺，宋文帝以沈戎有功于世，人怀其德，赐名怀德寺；前蜀天复七年（907）重修，改名永德寺；宋治平二年（1065）改今额。

❷ 邦邑邦人，指乡土乡人。邦邑，封地；邦人，乡里之人。

❸ 凤凰山，龙山旧名。宋嘉泰《吴兴志》载："凤凰山，（武康）邑有三。一在县北五里，首枕郭林溪，为凤味；一在县东北十八里怀德里，为凤翅；一在县东南十五里千佛寺侧，为凤尾。"沈戎宅在凤翅。

❹ 砖刻绍兴深入史，皇觉寺址曾出土"绍兴五年二月二十七日入皇觉寺"铭砖。绍兴，专有名词，此处不计平仄。

❺ 法师，指开信法师。

防风氏祠❶

倘使会稽非后至，封禺早建大王陵。

纪年竹简❷依稀现，吴越兵戈❸始见称。

左氏春秋❹诠巨骨，屈原天问演长肱❺。

夙闻❻冤谗❼汪芒者？千载乡民庙祭恒。

[注释]

❶ 防风氏祠，在德清县下渚湖街道二都村。古越无文字，以字记音，故防风音同庬风，殊古老。防风氏，又名汪罔氏、汪芒氏，《国语》载："昔禹致群神于会稽之山，防风氏后至，禹杀而戮之，其骨节专车，此为大矣。"晋元康初，武康县令贺循在防风山麓始建防风祠。唐元和年间，防风祠曾重修。五代时期，吴越国国王钱镠易址新建。

❷ 纪年竹简，指《竹书纪年》。《竹书纪年·夏纪》载："八年春，会诸侯于会稽，杀防风氏。"

❸ 吴越兵戈，《国语·鲁语》载："吴伐越，堕会稽，获骨焉，节专车。吴子使来好聘，且问之仲尼（即孔子）……"

❹ 左氏春秋，此指左丘明著《春秋外传》，即《国语》。

❺ 天问演长肱，《天问》有"长人何守"之语，防风氏即"长人"。长肱，长臂。

❻ 夙闻，素所知闻。

❼ 冤谗，诬人致罪的谗言。

防风祠壁画（局部）

汪氏之祖　吴冠民篆刻

风山灵德王庙记碑❶

古庙唐碑巍立久，彩衣神话❷赖其撑。

钱王非有如椽笔❸，吴越焉能是此宏！

[注释]

❶ 风山灵德王庙记碑，系江南地区罕见的千年古碑。吴越宝正元年（926）吴越国王钱镠撰《新建风山灵德王庙记》，凡七百余字。封山八景称之为"古庙唐碑"。风山，即封山，又名防风山。灵德王，即防风氏。《浙江方志》2020年第5期发余论文《〈新建风山灵德王庙记〉碑的流传与价值》。

❷ 神话，浙江省社科院研究员董楚平著《防风氏的历史与神话》提出"防风氏的神话彩衣必盖着重要的历史肉躯"。防风神话，今称防风传说，为国家级非物质文化遗产。

❸ 如椽笔，大手笔。

封禺山水国❶

诗画余英古，轻描即阐幽。

封禺横峙影，巽渚广开舟。

像设❷千年守❸，崇祠❹百世丘。

秋风扶桨夜，星斗满天游❺。

[注释]

❶ 封禺山水国，出自宋释文珦诗，指防风古国。武康旧志载："封禺横峙于东南，英溪分流于前后，莫干耸翠，巽渚澄清。"

❷ 像设，祠祀的人像或神像，此指防风氏像。

❸ 守，长官。

❹ 崇祠，指防风祠。清光绪秀才梁英撰防风祠长联："五千年藩分虞夏，矢志靡佗，追思洪水龙蛇，捍患到今留圣泽；一百里壤守封禺，功垂不朽，试看崇祠俎豆，酬庸终古沐神麻。"

❺ 星斗满天游，有说中华文明起源于满天星斗。

下渚湖❶二首

其一

春芽嫩碧吱吱发，夏苇修长密密纱。

秋籁❷满湖吹夜雨，扁舟雪霰❸向天涯。

其二

湖心停桨鹭鸶翔，浅浅波光映凤凰❹。

像是诗经尝记此，欲捞片羽梦《霓裳》❺。

[注释]

❶下渚湖，以防风氏所居，故名风渚；以在封禺二山间，故名封渚；在武康县治东南隅，故名巽渚；广九里，故名九里湖。武康旧志载，湖中多芦荻茭菰，渚旁土粘埴，陶户皆居之，浙右陶器多出于此。湖上曾设河泊所。封山八景中有巽渚澄清，武康杂见八景中有渚湖初荻。下渚湖多芦苇，宛若《诗经》中所写"蒹葭苍苍"之景。

❷秋籁，秋声。

❸雪霰，此偏指雪。霰，雪粒子。

❹凤凰，水凤凰，学名水雉，是下渚湖最漂亮的水鸟。

❺《霓裳》，《霓裳羽衣曲》，唐代乐曲名。

下渚湖　选自清道光《武康县志》卷首《封禺山图》

封山古洞^❶古琴雅集

沥滴调琴轸^❷，封山古洞幽。

兰苕青绣客^❸，香篆碧茶瓯^❹。

面壁高风振，聆音野鹿呦^❺。

禅师^❻多结友，蝙蝠^❼满墙头。

[注释]

❶ 封山古洞，在德清县下渚湖街道二都村蝙蝠寺，又名封公洞，俗名蝙蝠洞。

❷ 沥滴调琴轸，沥滴，水下滴，此指洞壁滴泉；琴轸，古琴上调弦的小柱。

❸ 兰苕青绣客，兰苕，兰花；青绣客，指着青衣者。

❹ 香篆碧茶瓯，香篆，焚香时所起的烟缕；瓯，杯。

❺ 鹿呦，鹿鸣，《诗经·小雅·鹿鸣》："呦呦鹿鸣，食野之苹。"

❻ 禅师，蝙蝠寺果缘禅师。

❼ 蝙蝠，此指蝙蝠云纹，流云百福，象征如意幸福。

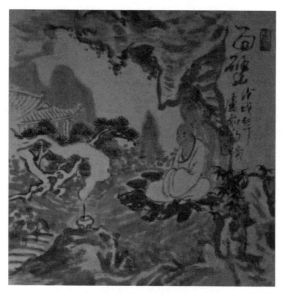

卢前为蝙蝠寺绘《面壁图》

杨坟❶怀古

墟市人声穿古渡，和王眷顾建功祠。

纷纭明器❷归兵火，浑厚砖书❸证旧规。

[注释]

❶ 杨坟，旧名杨村，即今德清县下渚湖街道上杨村、下杨村一带。宋和王杨存中一家三代敕葬于此，五世祖以降建祠祭祀于此，厥后成墟市，又有杨坟渡，从东苕溪往来杭州极便，繁华一时。杨存中，宋室南渡十将之一，与岳飞、韩世忠等齐名，侍卫禁中数十载，以太师致仕，追封和王，谥武恭。

❷ 明器，陪葬的器物。

❸ 浑厚砖书，清金石僧六舟曾访得杨村中家族墓墓砖"宋故赠太师杨秦公墓砖""宋故扬国夫人赵氏墓砖""宋故冲妙炼师杨氏墓砖"。

宋故赠太师杨秦公墓砖

云岫寺❶看雪

昨夜胁山❷灯火熄，今晨雪霁宇庭茫。

石梯金匾层层白，梦绪心痕皎皎光。

明塔楚门❸添朴意，宋梅清桂❹正冰妆。

相从叩访屏庐境❺，禅画诗思绕朵廊❻。

[注释]

❶云岫寺，因云岫山得名，在德清县下渚湖街道宝塔山村，为南宋古刹，宋淳熙八年（1181）创建，旧有藏经阁。明武康人骆文盛常访云岫寺，有诗云"云岫藏云云不飞"。

❷胁山，石胁山，距云岫山不远，《苕记》："天将雨，此山先云，岩有石井，云所从出。"

❸明塔楚门，明塔，青云塔，明万历九年（1581）竣工，今遗塔基；楚门，云岫山石门，传为楚国春申君黄歇建。

❹宋梅清桂，寺有宋梅，清康熙年间植四季桂。

❺屏庐，云岫寺能山法师画室名。

❻朵廊，大殿的左右走廊。

云岫寺雪景图

追随宋韵钩沉迹，雪岫原应共胜邀。

石磴无寻钟致远，山门不扫塔犹高。

老僧禅悟参书画❶，古刹福源交俊豪。

凝待春风潇洒过，红墙照拂衬青袍。

[注释]

❶ 老僧禅悟参书画，卢前言云岫寺能山法师"书画同参德艺修"。

云岫寺施腊八粥❶

夜登云岫聊从俗，腊八围炉话世箴❷。

记忆如茶须慢煮，随缘若粥要深沉。

明晨福德交相馈，今夕康宁各自斟。

但说新年花事近，小匙清水映琼簪。

[注释]

❶ 腊八粥，又名福德粥。农历腊月初八，各大寺院用果子杂拌煮粥以赠。

❷ 世箴，世代相传的箴诫。

腊月廿八武康雪霁，明日即除夕

企盼新年能骤至，江南邂逅辄宣陶❶。

临碑沈柳❷斯眉目，取法倪黄❸此线条。

快雪时晴更气象，长虹霁雨入歌谣。

山巅留白初阳映，装扮城垣恰恰娇。

[注释]

❶ 宣陶，抒发陶写。

❷ 沈柳，唐代书法家沈传师、柳公权。

❸ 倪黄，元代画家倪瓒、黄公望，莫干山有周庆云题摩崖"倪黄画本"。

过武康孟郊祠❶

诗人故里清香溢，岁末祠前车马匆。

寸草有心疏亦密，春晖无尽薄同丰。

杜称岱岳凭高仰，孟比衡山既绍隆。❷

闭口驱驰❸游子意，万家灯火亮尘蒙。

[注释]

❶ 孟郊祠，在德清县武康街道春晖街。

❷ 杜称岱岳凭高仰，孟比衡山既绍隆，清淮安名士鲍桂生尊孟郊于杜甫、李白、韩愈、白居易之间，比之五岳，有诗："我为定诗品，五子压四唐。杜李孟韩白，泰华恒嵩衡。"绍隆，继承发扬。

❸ 驱驰，奔走。

孟郊像　选自宋《孟东野诗集》刻本　　　　清武康知县刘守成建东野古井碑

卢前 1979 年访东野古井而绘《池塘读碑图》　东野诗刊　臧克家题签　1986 年创刊

登狮子山访开元书院❶遗迹

初逢即约同登顶❷，山势转深风景殊。

近瞰狻猊还顾盼，远观螭虎似虚无。

东庄村❸部因东宝❹，鏖下❺渊源岂鄜区？

正为跫音❻寻古道，开元书院现蓝图。

[注释]

❶ 开元书院，明万历十一年（1583）武康知县王懋中在开元山巅建桂公祠，颜其额曰开元书院。清乾隆十一年（1746）武康知县刘守成重王懋中遗教，重修桂公祠，"堂三进，堂各三楹，左耳房二进"。

❷ 初逢即约同登顶，2021 年 11 月 12 日与姚豪杰同登。

❸ 东庄村，今属德清县康乾街道秋山村东庄村。

❹ 东宝，东宝山，位于原武康县东十五里，初名石狮山，又名开元山，俗谓狮子山，武康采石宕以封山和此山最佳。

❺ 鏖下，鏖下村，今属德清县武康街道五龙社区新龙村。

❻ 跫音，足音。

对河口村❶

防风苗裔❷遗光地，凿险穿空几代承。

百步档❸通河埠岭❹，西岑坞出大鱼灯❺。

水杉童话深秋路❻，湖泊仙姿初雪层❼。

石刻纪年增秘策，青春草莽逐欢登。

[注释]

❶ 对河口村，今属德清县武康街道，原名"对坞村"。

❷ 防风苗裔，防风氏后代子孙。武康旧志载："汪芒坞，在县西南十五里，又名长人坞，防风苗裔居此。"

❸ 百步档，从西岑坞出发，有通往河埠岭的古道，全长约五百十五米，俗称百步档，山壁刻"万历十四年仲秋月造""乾隆卅六年仲秋月修"。

❹ 河埠岭，今写作何埠岭，在德清县舞阳街道山民村。

❺ 大鱼灯，鳌鱼灯。用竹篾扎成骨架，以夸张手法绘制、装饰，灯头如龙，灯身如鱼。

❻ 水杉童话深秋路，指水杉长廊。

❼ 湖泊仙姿初雪层，指对河口水库，又名莫干湖。

304省道德清对河口至安吉矮部里段通车

余英遥望鄣吴❶雪，积岁凿空连远荒❷。

车到山前今有路，人趋崖侧古无方。

谢村桥跨双溪水❸，矮部里含瑶坞阳。

隧道四重❹新亮迹，宏途观止辨沧桑。

[注释]

❶ 鄣吴，代指安吉。

❷ 远荒，远方。

❸ 谢村桥跨双溪水，谢村桥，谢村大桥；双溪水，双关，代指双溪、合溪之水。

❹ 隧道四重，四重实为四个半隧道，即兰树坑、皇坟坞、石壁山、杨湾加上矮部里的半个隧道。

余英溪①

竹篙②洑水③落花涵，霜冷河湾旧事谙。

春意阑珊④翘首望，柳条折尽是江南。

[注释]

① 余英溪，又名英溪，永安八景中有英溪新涨。

② 竹篙，撑船的长竹竿。

③ 洑水，在水里游。

④ 春意阑珊，南唐后主李煜《浪陶沙》词有"春意阑珊"句。

淡坞戏台❶

柏山过雨洗青红，寂寞高台一望中。

道是深廊乡校曲，书声缥缈拂雕枕❷。

[注释]

❶ 淡坞戏台，在德清县舞阳街道山民村陆家坞村，为清末建筑，主台为单檐歇山顶，上置藻井，四周置卷棚廊，主台两侧各有副台，里外台之间有可拆卸的长门间隔，门上留有京江吴得魁联："奎星光联银汉晓；芝兰香满玉堂春。"淡坞，古名坞淡岭。

❷ 雕枕，雕花的窗棂。

九度岭❶

十里长春连数驿，乡书小捷达余杭❷。

度图本是同音字，遮竹难分❸异志筐。

采雨采风齐络绎，问疑问俗概苍茫。

今番燕坐❹关碑❺下，祈梦青龙绣吐光。

[注释]

❶ 九度岭，又名九图岭，今呼九洞岭，在德清县舞阳街道长春村。

❷ 乡书小捷达余杭，民国《杭县志稿》载："安溪诸山多与余杭、武康接界……武康至省有间道直达上柏、奉口，经小而捷者也，太平军尚拒战安溪关，左宗棠率兵亲至始克。盖安溪关地势险峻，浙抚王有龄曾设炮台。"乡书，家书。

❸ 遮竹难分，钟毓龙著《说杭州》载："大遮山，高四百八十三公尺，一名大竹山，山有龙穴，安溪舟人相传，谓风雨之夕，龙吐珠为光，亦神话耳。"

❹ 燕坐，安坐。

❺ 关碑，安溪关碑。

从九度岭到舞阳侯祠❶

闻说安溪险隘遒❷，余杭接界武康陬❸。

九图九度凹成岭，佛座佛陀❹高过丘。

上柏山开上柏埠❺，舞阳祠塑舞阳侯。

重阳汛❻近人群至，忠勇精神历代讴。

[注释]

❶ 舞阳侯祠，又名樊将军庙，在德清县舞阳街道上柏村。宋嘉泰《吴兴志》载："樊将军庙，在（武康）县南上百步，地号樊宅，汉舞阳侯樊哙是也。《余英志》云：'樊哙，武康人，少失父，从母嫁沛中，遂为沛人。'"

❷ 遒，坚固。

❸ 陬，隅。

❹ 佛座佛陀，即佛座山，今呼佛陀山。张炜先生老家在此，故号佛陀山人。

❺ 上柏埠，初名上陌里，后名上陌坊、上陌埠，为民国武康县首镇。

❻ 重阳汛，舞阳侯会在每年重阳举行。

第四辑

苕溪闲情

观叶嘉莹❶先生纪录片《掬水月在手》

转蓬❷万里作酬身，心焰如莲本命辰。

靖节❸诗风时戛玉❹，观堂❺绝学再传薪。

顾门❻衣钵❼如斯继，缪氏❽灯窗转益亲。

熟贯中西词笔逸，广栽桃李在溪滨。

[注释]

❶ 叶嘉莹，号迦陵，1924 年出生于北京，南开大学中华古典文化研究所所长，中华诗词学会名誉会长，中央文史研究馆馆员。

❷ 转蓬，随风飘转的蓬草。叶嘉莹有诗："转蓬辞故土，离乱断乡根。"

❸ 靖节，指东晋诗人陶渊明。

❹ 戛玉，敲击玉片，形容声音清脆悦耳。

❺ 观堂，指清词人王国维。

❻ 顾门，以学者顾随为核心的学术流派。顾随，晚号驼庵，著名学者，叶嘉莹的业师。

❼ 衣钵，老师所传授的思想、学术、技能。

❽ 缪氏，缪钺，字彦威，著名学者，治学最大特点是文史结合，博通与专精相结合。

叶嘉莹先生出版著作目录

闻可延涛先生整理之叶嘉莹先生出版著作目录，囊括海内外公开出版的著作凡二百余种，令人惊叹。

莲心一焰动瀛寰❶，海上频伽❷众仰攀❸。
白发慈容飘藕彩，诗龄且❹百咏家山。

[注释]
❶ 瀛寰，世界、寰宇。
❷ 频伽，迦陵频伽鸟，有妙音。
❸ 仰攀，指与地位高于自己者结交。
❹ 且，将近。

沪上作家潘向黎德清读者见面会❶

前岁得书于讲会❷，盈眶卒读字行莹。

红楼也若临川梦❸，花火焉如秉烛行。

审美关联须注意，看诗允许不分明❹。

拈来好句调新意，才剪梅边❺又斩荆。

[注释]

❶ 沪上作家潘向黎德清读者见面会，2020 年 9 月 19 日在德清县图书馆举行。

❷ 讲会，指德清县政协莫干山讲堂。

❸ 临川梦，以明戏曲家汤显祖的主要事迹为题材的传奇剧本。

❹ 看诗允许不分明，指潘向黎随笔集《看诗不分明》。

❺ 梅边，指潘向黎随笔集《梅边消息》。

我们时代的文学和日常审美生活❶

今时文学也迷蒙❷，心理需分瘠与丰。

审美就低非劣等，生涯❸向上是优隆❹。

花城卅载❺光芒炫，收获六旬❻朝气充。

新作新人宜可待，追求虚拟意由衷。

[注释]

❶ "我们时代的文学和日常审美生活"讲座由南京师范大学教授、《花城》杂志《花城关注》栏目主持人何平在德清图书馆主讲。

❷ 迷蒙，模糊不清的样子。

❸ 生涯，生活。

❹ 优隆，优厚。

❺ 卅载，四十年。《花城》创刊于 1979 年。

❻ 六旬，六十年。《收获》创刊于 1957 年。

驻馆作家德清现象研讨会❶

驻馆为宾客，卅期多别裁❷。

春晖滋爱物，夜读照芸台❸。

文得乾坤运，风从山海来❹。

亲聆增感悦，冬月粲花❺开。

[注释]

❶ 驻馆作家德清现象研讨会，2021 年 12 月 4 日在莫干山郡安里举行。驻馆作家项目于 2015 年在德清落地实施，为全国首创、独创，蒋子龙、刘醒龙、何建明、张抗抗、潘耀明、邵振国、潘向黎、毛尖、岳南、王旭烽、沈苇、陆春祥、苏沧桑等二十九位当代文学名家先后成为德清图书馆驻馆作家。诚如潘向黎所说："我们需要新的力量确立人的主体地位，'作家驻馆'项目应运而生。它力求恢复人在阅读中的重要性，也让人与文学阅读的关系摆脱仅仅'在线'的冰冷虚幻，更加真实可感。它增加了人与人之间的交流和互动，寻求真实的文学交流和心灵触碰。此外，它让阅读本身更有了温度。"

❷ 别裁，别出心裁。

❸ 芸台，古代藏书的地方。

❹ 风从山海来，即跨越山与海的阅读。山既指莫干山，又指山地文化，核心是德文化；海既指上海，又指海派文化。

❺ 粲花，言论典雅隽妙，有如明丽的春花。

夜读　冯强 绘

春晖讲堂藏书票　李松柏作品

谢汪逸芳❶老师刊用拙文并书赠福字

古今谈稿得停睛❷，文眼观情察物明。

未谢丹青书福字，更烦翌日寄春声。

[注释]

❶ 汪逸芳，德清人，知名散文家，资深编审，曾任浙江省文史研究馆馆刊《古今谈》主编，擅以文学之眼察情观物，以文学之心体察水墨，认为文与艺情相同、理相通，所作书画天真烂漫、随性率意、格调清雅、富有情趣。

❷ 古今谈稿得停睛，指《古今谈》2014 年第 1 期发余文章《俞平伯的故乡情怀》。停睛，定睛，注目。

杨振华❶先生文史随笔系列

官溪❷彳亍❸呼和鼓，越过山丘仍不疲。

游子吟含君子意，江南赋套岭南期。

东瀛画界称能手❹，海派高徒出大师❺。

卅载文坛常绿树，青衫雨化缀前枝。

[注释]

❶ 杨振华，笔名长狄，德清人，中国作家协会会员、湖州市作家协会副主席、德清县作家协会主席，著有《永远的游子吟》《永远的江南赋》《永远的外婆家》《天地圣手：那些书画史上的江南影像》。

❷ 官溪，即前溪。因在武康县治前，又名官溪。

❸ 彳亍，缓步慢行。

❹ 东瀛画界称能手，清德清人沈铨在日本被誉为"舶来画家第一人"。

❺ 海派高徒出大师，海派名家吴昌硕师出朴学大师俞樾门下。

纪念皎然❶一千三百周年诞辰

山水诗从谢客雄，世家子弟誉江东。

杼山鸿渐❷同居寺，韵海清臣❸共撰风。

苕雪吟坛称领袖，凡夫禅境赖穿空。

古溪逆溯苍然月，逝者如斯昼夜中。❹

[注释]

❶ 皎然，俗姓谢，是谢安的十二世孙，但他更重视谢灵运，自称是谢灵运的十世孙，曾为湖州杼山妙喜寺住持，在苕溪建有草堂，系湖州诗人团体的领袖，有诗集，并撰有诗学理论《诗式》。

❷ 鸿渐，陆羽，茶圣。

❸ 清臣，颜真卿，曾任湖州刺史，主持编撰《韵海镜源》。

❹ 古溪逆溯苍然月，逝者如斯昼夜中，化用皎然《同李洗马入余不溪经辛将军故城》诗："苍然古溪上，川逝共凄其。"

西塞山文学工作坊❶

陌上花开向翠微，纸鸢❷未断逐芬菲。

东苕溪畔春锄立，西塞山前秋鹭飞❸。

细雨苇航如浴德❹，斜风蓑织即深机❺。

诗文讨论欣成益，莫问征途归不归？

[注释]

❶ 西塞山文学工作坊，由湖州市作家协会与浙江传媒学院沈苇工作室联合主办。2021 年 9 月 11 日，第二期西塞山文学工作坊暨姚敏儿、曹秋华与余散文作品讨论会在长兴煤山举行。

❷ 纸鸢，风筝。

❸ 西塞山前秋鹭飞，化用唐张志和《渔歌子》词——"西塞山前白鹭飞"。

❹ 浴德，修养品德。

❺ 深机，秘诀。

安吉梅溪采风

德清北去故郡❶哉？溪上尝观紫气来。

久远暗香寒潋滟，瞬间疏影煦嵬崔。

萧梁清拔吴均❷体，赵宋新奇胡仔❸才。

如是南风安可忘？畅怀巧铸木瓜胎❹。

[注释]

❶ 故郡，即安吉县，与德清县毗邻。

❷ 吴均，字叔庠，安吉人，南朝梁文学家，其诗清拔有古气，独创"吴均体"。

❸ 胡仔，号苕溪渔隐，南宋文学家，著有《苕溪渔隐丛话》。

❹ 木瓜胎，清德清举人徐士骈曾在安吉县为幕时有《郡南道中》诗："闻说木瓜红胜颊。"

钱塘诗路开化寻源采风

岁暮忝同游，诗乡偶逗留。

青山开化毓❶，绿水德清流❷。

风雅钱塘路，声华皖赣州。❸

溯源知所自，潮起豁吟眸。

[注释]

❶ 开化毓，开化，双关，化毓，化生长育。

❷ 德清流，德清，双关，清流，特指德清清地流，作家何建明有报告文学《德清清地流》。

❸ 风雅钱塘路，声华皖赣州，开化地处浙皖赣三省交界处。

喜余姚梁弄诗社至德清采风❶

寒露花枝重，城村树色撩。

山人观俗至，吟友采风迢。

尚未长篇叙，提前短简招。

余不新唱和，诗汛过余姚。

[注释]

❶ 喜余姚梁弄诗社至德清采风，梁弄诗社夏增高社长次韵："花枝霜染后，重彩又开撩。寻胜三秋绚，采风千里迢。言欢缘待续，意合自相招。来日长联谊，诗旌声远姚。"

赋中海达地理信息之夜❶

慕循胜迹新联袂，秋夕颜开多国临。

雨骤江南芦满渚，峰高浙北竹围嵚❷。

座中应识红楼梦，宇内同搜游子吟。

东野曲园融地信，乡邦经典育青襟。

[注释]

❶ 中海达地理信息之夜，是FIG测绘地理信息"一带一路"研讨会的文艺活动，2020年9月16日在德清举行。黄许诺、万子墨同学登台朗诵余诗作《从〈曲园课孙草〉读到〈诗境浅说〉》。

❷ 嵚，高峻的山。

"地理信息让生活更美好"❶二首

其一

传说今犹在，搜寻识宇寰。

苏州干将路❷，荔浦莫邪关❸。

南北高峰塔❹，东西天目山❺。

倪完❻融信史，涵泳❼复登攀。

[注释]

❶"地理信息让生活更美好"，讲座由德清地理信息小镇科技工作者学会理事长倪涵在德清图书馆主讲。

❷苏州干将路，苏州有干将路，又有莫邪路。

❸荔浦莫邪关，广西荔浦有莫邪关。

❹南北高峰塔，原杭州南、北高峰，即西湖十景之双峰插云，其上分别各有一塔。

❺东西天目山，天目山为长江三角洲的屋脊，杭州的发孕地，由东天目山、西天目山两山组成。

❻倪完，虚拟人物。

❼涵泳，浸润、沉浸。

其二

世界通行语，舆图⑧岂但夸。

源流无巨迹，邑里有纷葩⑨。

经纬虽分列，虹梁总过涯。

四维多运用，时代兴诸家。

[注释]

⑧ 舆图，地图。

⑨ 纷葩，盛多。此指德清地理信息产业。

《跳上诗船到德清》出版前感赋

弱冠❶研诗同陌路，吟安韵脚撞瓢樽。

卢师复信宜升座❷，张子收徒乃入门。

前后溪山眸底贮，东西邑志管❸中存。

几回梦见桃源境，英妙缤纷骥骒❹奔。

[注释]

❶ 弱冠，古代男子二十岁行冠礼，表示已成人，但体未壮，所以称弱冠，后泛指男子二十左右的年纪。

❷ 升座，升堂入座。

❸ 管，笔管。

❹ 骥骒，良马。

王、梅二女史撰书评并送花束赴上海^❶

双姝妙笔撰兰章，好事临行又解囊。

赴沪应携谦雅物，诗同岁月共芬芳。

[注释]

❶ 王、梅二女史撰书评并送花束赴上海，浙江省作家协会会员王征宇、梅苏苏分别撰书评《诗在远方也在故乡》《诗船悠悠》，并在所赠花束中写卡"诗与岁月同芬芳"。

《跳上诗船到德清》上海武康大楼首发❶

径逾山与海，飞抵武康楼。

海派风情路，东方浪漫州。

百年斑驳迹，几度璨瑳❷眸。

大隐宾朋会，诗船短暂留。

———

[注释]

❶《跳上诗船到德清》上海武康大楼首发，2020年8月15日，《跳上诗船到德清》首发式在上海武康大楼大隐书局举行。由上海知名翻译家、电影评论家赵建中主持，上海社会科学院图书馆馆长钱运春、上海市诗词学会会长胡晓军、德清县在沪企业商会会长陈庆华等嘉宾出席。《文汇报》《解放日报》等媒体报道。

❷璨瑳，灿烂。

上海武康大楼　劳建根 绘

宣宏新著《推开岁月之门》❶面世

尝闻方志陋，深读廓如❷存。

留住乡愁影，推开岁月门。

寻踪时与境，探秘本和源。

宣笔称新径，宏文亦足论。

[注释]

❶《推开岁月之门》，宣宏著，吉林文史出版社 2021 年版。宣宏，德清人，德清县新闻中心记者。

❷廓如，澄清的样子。

《德清文学百年卷》❶首发有感而作

伏案辛勤在敝庐，酬劳忘却览无余。

莫干炯炯新风度，洛漾汤汤旧梦初。

两卷纷呈盘复岭，百年亦是载同书。

何当剑气中锋秉，次第❷川程❸任展舒。

[注释]

❶《德清文学百年卷》，分德清作家集、县外名家集，杨振华主编，花城出版社 2021 年版，余忝列诗歌、散文组编辑。《德清文学百年卷》收录余散文《莫干山的月亮是橙色的》和诗作《白月光》。

❷次第，接着，转眼。

❸川程，旅途。

德清县诗词学会❶成立四十周年

卅载嘤鸣❷久，轮番唱和长。

湖光常有眷，山色总无疆。

东野遗碑古，休文旧里昌。

诗人声不绝，吟帜更昂扬。

[注释]

❶ 德清县诗词学会，德清县诗词学会前身为 1981 年成立之余（徐）不诗社，1997 年更名为莫干山诗词学会，2014 年再次更名为德清县诗词学会，余任会长。

❷ 嘤鸣，鸟相和鸣，比喻朋友间同气相求。

馀（余）不诗社印　卢前篆刻

莫干山诗词学会之印　严峻中篆刻

《馀不雅韵》❶精装本出版

四十年来谁弄翰❷，前溪鼓浪筑骚坛❸。

诗家哲嗣❹标韩孟❺，剑匠徒孙返莫干。

天目山离良渚近，防风里接舞阳宽。

馀（余）不雅韵余英汇，前世今生一夜看。

[注释]

❶《馀不雅韵》，全名《馀不雅韵：德清县诗词学会四十周年纪念集》，馀不即余不。余主编，团结出版社 2020 年版。

❷弄翰，执笔写作。

❸骚坛，诗坛。

❹哲嗣，敬称他人之子。

❺韩孟，以韩愈、孟郊为代表的韩孟诗派。

《雨田诗文集》❶首发次韵朱辉吟长

风雷过后望洪纷❷，古刹天池树色新。

强驻朱颜连夕照，非能白饮❸亦纶巾❹。

焉知身倦终伤楚，最是志坚何遁秦❺！

拂拭锟铻❻留子佩，山花炫目候畸民❼。

[注释]

❶《雨田诗文集》，雷慎著，德清县诗词学会 2021 年付梓。雷慎，又名黄慎，笔名雨田，1970 年生，祖籍平阳，定居德清，浙江省诗词与楹联学会会员，德清县诗词学会副会长，2021 年 3 月 7 日辞世。湖州市诗词学会会长朱辉补雷慎残句成篇："清风藏雨雨纷纷，正是人间换景新。每恸香残多溅泪，更怜春去共沾巾。唯余弃稿能归壑，岂有桃源可避秦。遗篑重开如宛在，满天悲雾哭斯民。"

❷洪纷，广大光彩交错。

❸白饮，白酒，代指酒。

❹纶巾，以青丝带做成的头巾，宋苏轼《念奴娇》词："羽扇纶巾，谈笑间，樯橹灰飞烟灭。"

❺遁秦，逃避。

❻锟铻，锟铻之剑，宝剑。

❼畸民，高行拔俗之人。

前溪诗韵❶开通五周年

前路相逢籍齿❷询，溪光眷恋踏青人。

诗词逾老情逾湃，韵调常新不步尘。

[注释]

❶ 前溪诗韵，德清县诗词学会微信公众号，2015 年 12 月 29 日开通。

❷ 籍齿，籍贯和年龄。

德清县诗词学会换届❶，余忝列顾问

余不源远复镌磨❷，岁月流金长短歌。

楹础❸如磐泥古❹少，诗灵若雨❺烁今多。

张门弟子传衣钵，姚氏才郎试擘窠❻。

遥见青衫开菡萏❼，前溪棹楫咏菁莪❼。

[注释]

❶ 德清县诗词学会换届，2021 年 12 月 11 日德清县诗词学会举行第三届第一次理事会，张若雨任会长，姚立任秘书长。

❷ 镌磨，比喻道德文章的砥砺锤炼。

❸ 楹础，楹柱下的石墩，代指德清县诗词学会五位殿堂式人物：万竿晴雨楼主卢前、衡庐主人陈景超、独破庐主吴冠民、未立斋主吴亚卿、佛陀山人张炜。

❹ 泥古，拘泥古制而不知变通。

❺ 若雨，指张若雨。

❻ 擘窠，大字。

❼ 青衫开菡萏，菡萏青衫，指姚立。

❽ 菁莪，《诗经·小雅·菁菁者莪》篇名的简称，后指育材。

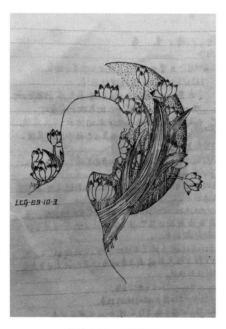

菡萏青衫　卢忱作品

給孩子的风土诗

贺清音诗社❶三十五周年呈吴亚卿吟长

清音非但余不韵，同属吟坛发起人。

勉对流年情似昔，力扶雅道墨犹新。

西溪踏雪兴三叹，巽渚乘风望九垠。

未立斋名杭院立，何须驰贺到湖滨。

[注释]

❶ 清音诗社，由徐行恭、唐圭璋、陈九思、商向前、郭仲选、孙振亚、吴亚卿、吴仲谋等先生联名发起，1986 年 3 月在杭州成立，社名取自苏步青"已是清音天下闻"句，社刊名《扶雅清音》。吴亚卿，号未立斋，德清人，定居杭州，清音诗社社长，曾任余不诗社副社长。有《赋谢朱炜见赠新著〈君自故乡来〉》诗示余："一卷新书盥手开，俨然君自故乡来。百年人物树群像，满目风云搜轶才。中甫师尊启蒙昧，文泉庭训本崔嵬。垂垂吾亦稀龄叟，喜见新松千尺栽。"

清汗书屋❶自题

邑贤馈赠朱砂墨❷，刊竣诗钞始用端。

耐碌庸难其实易，安闲散易反而难。

南陔遗集❸常吟诵，修吉封函❹亦苦钻。

愿与诸君相对语，无须伏案隔屏欢。

❦❦❦

［注释］

❶ 清汗书屋，以余少作《清汗集》得名。

❷ 朱砂墨，指春在堂曲园先生著书之墨。

❸ 南陔遗集，清德清人徐以升著《南陔堂诗集》。

❹ 修吉封函，清德清人徐倬、徐元正著《修吉堂文稿》《修吉堂遗稿》。

赠德清文献交流群❶群友

贵在持恒勤用力，自惭所业偶留痕。

书多未及经心读，事少无如促膝言。

此日撰文因正本，他年续志可清源。

家山纵有千杯爱，醉里犹分巷与门。

[注释]

❶ 德清文献交流群，微信群由胡耀飞与余发起，效仿湖州历史文化交流群，又名茗社。

陆费双燕故事研讨会❶

父辈深交延子侄，难分形影踏同河。

放翁❷秀句栖居近，丹旭❸真书饮涧多。

海上❹穆如❺怀顺遂，吴中❻左笔❼运伊何❽。

卅年絮语成今计，嘉会家园巧执柯❾。

[注释]

❶ 陆费双燕故事研讨会，2020年8月11日在德清县舞阳街道举行，陆俨少之子陆亨、费新我之子费之雄莅会，德清县诗词学会协办，余忝列主持。

❷ 放翁，陆放翁，即陆游，南宋豪放派词人。

❸ 丹旭，费丹旭，清代书画家。

❹ 海上，上海。

❺ 穆如，穆如馆，陆俨少斋名，代指陆俨少。

❻ 吴中，苏州。

❼ 左笔，费新我为左笔名家，代指费新我。

❽ 伊何，如何。

❾ 执柯，做媒。

送别二首

邱鸿炘❶先生

白蘋小令序前征，九十放歌非酒醒❷。

昌硕以来多匠手，曲园之下缺先生。

言藏于墨真铭刻，书作因名不满盈。

野集东衡犹谓雅，修篁斯夜竞相倾。

[注释]

❶邱鸿炘，湖州人，斋名修篁馆，湖州市博物馆老馆长，市地方志编纂委员会办公室老主任，2021年1月28日辞世，终年九十一岁。

❷九十放歌非酒醒，邱老曾以《白蘋香》小令代自序，奢望"九十放歌"时能增加点浓度和色彩。酒醒，酒后醉态。

寇丹[3]先生

壶边总话投缘事，米寿平生茶叶观。

自诩文场真草寇，众云湖郡至仁丹。

前年加授功勋奖，今岁荣登国际刊。

迁谢[4]光阴遗墨润，逾常德泽化山峦。

―――∽∽∽∽―――

[注释]

[3] 寇丹，北京人，满族，寓居湖州，湖州市文学事业功勋奖获得者，2021年9月12日辞世，终年八十八岁。

[4] 迁谢，迁移流逝。

为湖州诗词台历作生肖鼠诗

置兄十二肖当头，每遇值年参喜忧。

难免舆情装满腹，终当吉物进空兜。

天开因咬阳春至❶，河饮且酣丰沛留❷。

庚子历来多事态，一轮新岁唤金牛。

[注释]

❶ 天开因咬阳春至，用鼠咬天开典。

❷ 河饮且酣丰沛留，用偃鼠饮河典。

赏清吴康侯❶绘《松虎图》

武邑山君啸傲巅，康侯笔下转晴圆。

石颐有寺空空爪❷，芒荡无鱼泼泼泉。

林海红梅牵逸兴❸，木心珂雪结珠缘❹。

儿歌❺中外传名久，耳畔声声庆贺年。

[注释]

❶吴康侯，上海嘉定人，清康熙初年武康知县，以廉能抗直称，善画虎。

❷石颐有寺空空爪，石颐寺有虎跑泉，齐侃禅师曾豢养二虎，名大空、小空。

❸林海红梅牵逸兴，莫干山林海别墅有饲虎传说。

❹木心珂雪结珠缘，木心莫干山居有虎叩门故事。珂雪，白雪。

❺儿歌，指经典儿歌《两只老虎》。

清吴康侯绘《松虎图》

重返浙江经贸职业技术学院人文讲堂❶

潮韵❷远来询唤忙，学林街上复徜徉。

人怀映照湖山貌，文气氤氲❸云水乡。

讲帐徐徐风郁起❹，堂生济济梦悠扬。

下沙一别相逢少，难忘昔年同室光。

[注释]

❶ 重返浙江经贸职业技术学院人文讲堂，余于 2021 年 10 月 12 日在浙江经贸职业技术学院人文旅游学院人文大讲堂讲演《从西湖到莫干山：我的古典又浪漫之旅》。

❷ 潮韵，指浙江经贸职业技术学院潮韵文学社。

❸ 氤氲，充满。

❹ 郁起，兴起。

题《问红》杂志❶

大观未必真能考，情到深宵梦里来。

旧索隐家从景❷止，新红学史自俞❸开。

百年著奠明年庆❹，五度刊犹再度按❺。

冯老题签颇意远，执编风雅撰多才。

[注释]

❶《问红》杂志，红学大家冯其庸题签，2010年试刊，初由德清县文联主办；2015年创刊，改由德清县图书馆主办，季刊，张建智先生任执行主编，余为编辑之一。

❷景，景梅九，红学家，山西运城人，著有《石头记真谛》。

❸俞，俞平伯，红学家，德清人，著有《红楼梦辨》。

❹百年著奠明年庆，1921年胡适发表《红楼梦考证》，以实证主义的科学结论抨击索隐派的"旧红学"，开启新的红学研究范式，是"新红学"诞生重要标志。2021年为"新红学"诞生一百周年。

❺按，指打磨。

春晖读书社❶成立

前溪东野井，千载梦依稀。

释卷❷犹能揽❸，翻书尽发晖❹。

炎凉同夏度，风雨送春归。

云海飞梭❺日，翩翩五彩衣。

[注释]

❶春晖读书社，2021年4月23日，春晖读书社在德清县图书馆成立，倪涵任社长，余任秘书长。

❷释卷，放下书卷。

❸揽，揽胜。

❹发晖，阐发。

❺飞梭，德清县图书馆外观为梭形，寓意织出一片锦绣。

逸夫小学澄怀❶耕读园

学贵亲承训，名师拓累旬。

澄怀能印月，淑气❷直登晨❸。

劳逸宜分辨，园田不惧辛。

讲台春色到，桃李请为邻。

[注释]

❶ 澄怀，澄怀致远，德清县逸夫小学精神。

❷ 淑气，温和宜人的气息。

❸ 登晨，犹天明。

德清县小学语文名师工作室

名师开雅室，传领❶使澄莹。

今下声华溢❷，令旁玉石盈❸。

城中吟诵会，山麓作文营。

秋始为春计，翩连堂奥❹行。

[注释]

❶ 传领，承传领受。

❷ 今下声华溢，代指名师倪晓琴。

❸ 令旁玉石盈，代指名师张玲。

❹ 堂奥，学养高深的境界。

浙江工业大学莫干山校区

白鹭每高翔，榛巢❶岂可忘。

炳堃❷图国计，定武❸护邦光。

新址犹绵袤❹，前途更丽康❺。

弦歌清奏曲，丹彩映星芒。

[注释]

❶ 榛巢，代指旧址。

❷ 炳堃，许炳堃。

❸ 定武，蔡定武，名继曾，德清人，曾任浙江省立甲种工业学校学监，兼任数学教员。

❹ 绵袤，广袤。

❺ 丽康，美好而通畅。

沈新洋[1]、陈炬耀[2]新婚之禧

良缘苕水津，宝气倍交亲。

沈笔尝如耀，陈编[3]总出新。

漂洋终有日，然炬遂无垠。

应谢相逢路，红枫证毕姻[4]。

[注释]

[1] 沈新洋，德清人，浙江省书法家协会会员，现供职于西泠印社拍卖有限公司，余选注《跳上诗船到德清》书名由其书写。

[2] 陈炬耀，德清人，复旦大学历史硕士，现任教于杭州第四中学。

[3] 陈编，古书。

[4] 毕姻，长辈为晚辈完婚。

赠夏春锦①

毗邻新市镇，结社太虚②风。

响雨疏桐影，木心亲素衷。

忙编书信集，乐组蠹鱼丛③。

几度匆匆聚，相期再遇逢。

[注释]

❶ 夏春锦，福建寿宁人，现居桐乡，浙江省作家协会会员，桐乡市图书馆馆员，梧桐阅社社长，著有《文学的鲁滨逊：木心的前半生》《木心考索》《木心先生编年事辑》等。

❷ 太虚，太虚大师。

❸ 蠹鱼丛，蠹鱼文丛。清袁枚《蠹鱼叹》："蠹鱼蠹罢发长叹，如此琳琅满架摊。富不爱看贫不暇，世间唯有读书难。"

三十又一岁生日自述二首

其一

诗船满载采风谣，而立新篇着绛绡❶。

谁在远方呼唤我❷，年年此日浙江潮。

其二

小女咿呀举树丫，有情岁序绽灯花。

凉氛❸犹感东风面，短笛横吹明月家❹。

[注释]

❶ 绛绡，红色绡绢。

❷ 谁在远方呼唤我，余高中时曾有作文《谁在远方轻轻呼唤我》。

❸ 凉氛，秋天清凉的雾气。

❹ 短笛横吹明月家，上海武康大楼大隐书局有"月下笛"室，《跳上诗船到德清》首发式即在此举行。

小女两周岁生日快乐

前岁呱啼至，深祈得逸才。

芸辰缘梦近，籽序手书开。

景自诗船过，君从母抱^❶来。

烛光今日盛，物像出心裁。

[注释]

❶ 母抱，唐孟郊诗："母抱未知慈。"

谢友为小女之长，赋此以记世谊

见字识名俄七载，君家二子**❶**已成阶。

沿山即路归呼踵，出谷为溪终作涯。

风俗奢华人际薄，机缘巧合世交谐。

呦呦游聚**❷**听吴语，诵记于心抚柳花**❸**。

[注释]

❶ 君家二子，友有二子，一名小溪，一名小涯。

❷ 游聚，游览聚会。

❸ 柳花，柳絮，指柳。

小女三周岁生日，友赠训名吴呦字小镝❶

三载隙驹程❷，逢辰得训名。

嘤呦涵泳义，小镝自由声。

字则诗经出，音谐论语萌。

溪涯间有倚，来日与偕行。

[注释]

❶ 镝，镝飞则鸣。

❷ 驹程，比喻易逝的光阴。

《给孩子的风土诗》跋

少小未谙乡，游朋指顾❶忙。

渚湖分上下❷，文塔❸位中央。

沈氏前词主❹，俞家后殿堂❺。

凭诗记风土，灼烁❻发心光。

[注释]

❶ 指顾，手指目顾。清德清人戴望《洛舍漾》诗："百里湖山指顾中。"

❷ 渚湖分上下，指上渚湖、下渚湖。

❸ 文塔，指文明塔。

❹ 沈氏前词主，指沈约。

❺ 俞家后殿堂，指俞樾。

❻ 灼烁，光彩明艳的样子。

叶嘉莹·俞平伯·诗词

　　叶嘉莹先生的著作，我在大学期间就读过不少。她的名言，"一个人要以无生之觉悟为有生之事业，以悲观之体验过乐观之生活"，我听过一遍就记住了。她在百家讲坛上做的《从现代观点看几首旧诗》的讲演，我反复看过多遍，犹记得其中将"将仲子"翻译为"亲爱的小二哥"，顿觉得好亲切。叶先生往那儿一站，就是中国古典诗词风雅的象征，只一个手势，还未开口，就有很多双眼睛被吸引，就有很多颗心灵准备在诗河里沐浴。

　　大学毕业前夕，我在杭州图书馆见习，冒昧地给叶先生写信。不想，2011 年 4 月 11 日，收到了南开大学文学院中华古典文化研究所的回信。信由她的秘书可延涛老师代笔："朱炜：你好！你的材料，叶先生都看过了，认为青年人有志于古典诗词，这是很好的。至于题识，因叶先生年事已高，几年前已于叶嘉莹学术网上公布，不再给别人写序或题字。不到之处，请见谅。祝好。"对于一个年轻人来说，这是多么大的鼓励啊。那时我正写《诗词小品》，可老师还推荐了叶先生的弟子陆有富写来了一首七律《〈诗词小品〉读后》，末云"讴吟诉托平生志，云物溪山供剪裁"。

记得那是 2012 年元月某夜，我在翻阅余不诗社编《俞平伯先生哀挽集》时，有叶先生从海外发来唁电一则："近闻报惊悉俞平伯先生病逝，无任震悼，请代向其家属致唁慰问。"叶先生有晚上工作的习惯，此时已是晚上 9 点，犹豫中我拨通了叶先生寓所的电话，一种直觉告诉我，叶先生与俞先生曾相识，而且相熟。很快便传来一个熟悉的声音："我是叶嘉莹，您哪位？"当得知我是俞先生的小同乡时，她兴奋地说："我在北平读书的时候专门去听过俞平伯先生的课，现在还有印象。"

1978 年春天的一个傍晚，叶先生从加拿大寓所独自穿过温哥华市郊的树林给祖国寄信，希望回国教书。翌年春，她第一次回国讲学，在天津南开大学第一阶梯教室，以自作之诗句"书生报国成何计，难忘诗骚李杜魂"为开场白，讲了整整一天。程千帆先生于 1980 年 3 月 7 日致叶先生的信中说"你去岁回国讲学，颇有影响"，顺提及"耆宿如俞平伯先生，最近在一篇短文中还引用了尊说，想已见到"。程先生指的是俞先生发表在《文学评论》

1979 年第 5 期上的《略谈诗词的欣赏》，文中引到了叶先生《迦陵论词丛稿》中的观点："创造者所致力的乃是如何将自己抽象之感觉、感情、思想，由联想而化成具体之意象，欣赏者所致力的乃是如何将作品中所表现的具体之意象，由联想而化成为自己抽象之感觉、感情与思想。"

而叶先生在讲演中，也常引到俞先生的见解。《唐宋词名家论稿》一书，被叶先生自认是"我所出版过的各种论词之作中论说最具系统、探讨也最为深入的"，她在评论周邦彦的词之后，还推荐了俞先生所写的一篇旧文《辨旧说周邦彦〈兰陵王〉词的一些曲解》。叶先生说古诗词，有她的通路，即分析综合前人之说，旁取西方文论，融合自己的感觉，她的妙处正在用最感性的方式把自己投入到诗词境界之中，体味、琢磨，然后用最细腻的方式把读者带进去。她的串讲特别精彩，诗词烂熟于心，用诗词来诠释诗词。她也细抠每一个字词，但她更多的是抠字词背后的情感关系。

我忽然想到，古人只是身体的缺席，并不是精神的死亡。我们读一些作品，有时会因不合己趣、不合己意而轻做判断，这真是"厚诬"古人啊。阅读古诗词，还是得心细如发，要能善于体会，唯有如此，才有可能比一般人、他人的解读更切合作品本身。当然，不仅仅在读古诗词时该取这样的态度和方法，读一切文艺作品，甚至待人接物，都该有这样的态度和方法。

邓云乡先生曾如是描述叶先生的北京旧居："素洁的没有闲尘的明亮的窗户和窗外的日落，静静的院落，这本身就是一幅弥漫着词的意境的画面。女词人的意境向来就是在这样的气氛中熏陶形成的吧。"叶先生家学渊源，早年毕业于辅仁大学国文系，师从顾随先生。而顾先生是当时最善于作词的教授之一，却以"积木"作集名。何谓积木？即婴儿的玩具。一位词学的一流人物自谦如是。顾先生一生致力于词，不喜姜白石词的"清空"，"清就是一点渣子都没有"，他认为"一个人做人只是穿着白袜子不肯沾泥"，"这样的人比较狭窄，比较自私，遇事不肯出力，为人不肯动情"。由此，联想到蔡剑飞先生当年对德清县名的诠释"人有德行如水之清"，提炼得恰到好处。顾先生和俞先生是北京大学的同学，"有同砚之谊"，他的《积木词》正是由俞先生作序。两人都传薪于吴梅先生，皆是王国维先生的追随者。如果说，俞先生是第一个标点整理《人间词话》的人，顾先生则是第一个在大学里讲授《人间词话》的人，故叶先生论词亦常有"寄托"之说。叶先生传薪于顾先生，并使之发扬光大，传播于海外，是难得的盛业。水有源，树有根，何况人乎？叶先生是很感于这点的，她把自己比作不才之木——"散木"（相较于"积木"），"构厦多材岂待论，谁知散木有乡根。书生报国成何计，难忘诗骚李杜魂"。所谓"修辞立其诚"，她真的是有这样的理想，也真的是有这样的意愿和感情的。在荣膺感动中国 2020 年度人物的视频连线中，叶先生应主持人白岩松之情，吟诵的正是这首颇有象征意义的绝句。

1981 年，叶先生作有《赠俞平伯教授》诗："白发犹能写妙词，曲园家学仰名师。人间小劫沧桑变，喜见风仪似旧时。"又有与俞先生合影留念。这一次，是她的同门师姐、北京师范大学教授杨敏如先生陪她去的俞宅。同年 9 月 24 日，俞先生在致弟子吴小如先生的信中，特别提到"敏如曾伴嘉莹教授来寓谈词，不耻下问，意殊愧焉"。为什么是杨先生陪叶先生去？不只是因俞先生的次女俞欣与杨先生是同学，实际上叶先生第一次归国想讲学，正是杨先生帮助打开局面。

1987 年春，叶先生应北京五家文化单位的联合邀请，在原国家教委可容一千五百余人的大礼堂中，举行了唐宋词系列讲座，共计十讲，反响极为热烈。这年诗人节（端午），中华诗词学会在北京成立，叶先生被聘为顾问。1988年，俞先生、叶先生、唐圭璋先生、施蛰存先生、周汝昌先生等参与撰写的《唐宋词鉴赏辞典》甫一问世，广受读者欢迎，至今被奉为经典中的经典。

俞平伯先生的曾祖是晚清大学者俞樾。2008年，叶先生在《北京大学学报》上发表了一篇《小词之中的儒家修养》，列举俞樾的诗"花落春仍在"，"认为花虽然落了但春天并没有离开，春天永远留在我的心里。你看，这就是学道之人所应该有的情怀"。

"莲实有心应不死，人生易老梦偏痴，千春犹待发华滋。"这是叶先生常用来自况的词句，她这辈子都和荷有缘。她的传记《红蕖留梦——叶嘉莹谈诗忆往》出版后，我有幸获得了写有上款的签名本，署名迦陵。她的文学纪录片《掬水月在手》上艺术院线后，我第一时间就关注了，略感遗憾的是，德清县城的影院还没有排片，后闻县东新市镇德信影城可观影，便马不停蹄去观影。此前，我在微信朋友圈看到，在同济大学任教的新市人胡桑在上海看了首映，随后我们还交流了观影的感受。

是的，没有一个春天不会来临，叶先生在编选《给孩子的古诗词》时，选录的关于春天的诗词是最多的。其实，选本里的一切都新鲜活泼，让人备感春天般的生机。不禁想起叶先生旧年填的一阕词"耐他风雪耐他寒，纵寒已是春寒了"（《踏莎行·用羡季师句》），不禁想起李白、杜甫的诗里无数个长安的春天，不禁想起智利诗人聂鲁达的诗"我只需念出'春天'这个词，就会感到生命力、勇气和活力"。

（原载2021年3月23日《联谊报·人文周刊 浙江潮》）

后　记

晨起辄全力以赴，为夜深随遇而安。十年冷板凳，终于在这一年中最长夜有了点温度，让我明白了自己适合做什么。不明所以地争取，终究抵不过心意之选。《给孩子的风土诗》是我过去十年，特别是近五年的读书、写作、生活状态的诗性呈现。与其说，我是在写诗，不如说是通过写诗在观我。

我写散文、写非虚构文学的时间，远多于写现代诗、写旧体诗的时间，可是前者是我，后者也是我。这几年，我写得挺勤，地域性抒写俨然是我的强项，但某种程度上也是软肋，容易走不出来，视野打不开，变化总不明显。于是，我开始了求索，做练习，向内求自己的力量，深造自己。乡籍就是血液中流淌的风土，但我没必要保持小地方人的谨慎，不妨带一些混血写作，适时改变一下它的成色。努力不会骗人，我知道现阶段的自己写的文字与之前已不一样，当然，还要继续打磨。

2018年小女出生，爸爸这个身份，令当年的我变得更加坚定，懂得爱身边的人，爱这个与我们密切相关的世界，爱已被世事验证的品行。

《给孩子的风土诗》是我的第一本个人旧体诗删存，感谢德清县诗词学会顾问许德明先生、张炜先生的斧正，上海市诗词学会会员谢作中先生的代序，感谢德清县图书馆地方文献室提供了部分插图。

尤其要感谢德清县委宣传部、县文联对我长期以来的支持和推荐，使《给孩子的风土诗》有幸进入"2020—2022年德清县文艺精品创作规划"与2021年湖州市优秀文艺作品扶持项目。

最后要感谢浙江工商大学出版社自出版我的第一本书以来对我的信任和厚爱，乃有《跳上诗船到德清》2020年赴上海书展参展，《给孩子的风土诗》如此快地与读者见面。

有人说，写作这件事很励志，但我认为，写作更立人。为此，成为一名写作者，我没有丝毫理由懈怠自矜。那就"爱我所爱，行我所行"。

2022 年 2 月 14 日